HİKMET ANIL ÖZTEKİN

elif gibi sevmek

nefes

Okumaya Başlama Tarihi 29./.3./.20...

İmza Tarihi ....../....../.........

DESTEK MEDYA GRUBU

DESTEK YAYINLARI: 1222
EDEBİYAT: 381

HİKMET ANIL ÖZTEKİN / ELİF GİBİ SEVMEK-NEFES

İmtiyaz Sahibi: Yelda Cumalıoğlu
Genel Yayın Yönetmeni: Ertürk Akşun
Yayın Koordinatörü: Özlem Esmergül
Editör: Mesud Topal
Son Okuma: Devrim Yalkut
Kapak Tasarım: İlknur Muştu
Sayfa Düzeni: Cansu Poroy
Sosyal Medya-Grafik: Tuğçe Budak - Mesud Topal

Destek Yayınları'ndaki 1. Baskı: Şubat 2020 (10.000 Adet)
Yayıncı Sertifika No. 13226

ISBN 978-605-311-752-0

Abdi İpekçi Caddesi No. 31/5 Nişantaşı/İstanbul
Tel. (0) 212 252 22 42
Faks: (0) 212 252 22 43
www.destekdukkan.com
info@destekyayinlari.com
facebook.com/DestekYayinevi
twitter.com/destekyayinlari
instagram.com/destekyayinlari
www.destekmedyagrubu.com

Deniz Ofset – Nazlı Koçak
Sertifika No. 40200
Maltepe Mahallesi
Hastane Yolu Sokak No. 1/6
Zeytinburnu / İstanbul

DESTEK yayınları KARAKARGA BEYAZ BAYKUŞ genç DESTEK

Hikmet Anıl Öztekin

elif gibi sevmek

nefes

Sevmek,
belki bir gün okur diye şair olmaktır.

DESTEK
yayınları

Yazar Hakkında

Trabzon'da doğdu. Matematik ve fizik aşkıyla dolu çocukluk yıllarının ardından İstanbul Teknik Üniversitesi Gemi İnşaat Mühendisliği'ni kazandı. Üniversite yılları kelimelerdeki, insanlardaki ve yaşamdaki matematiği keşfetmekle geçti.

Henüz 26 yaşındayken çıkarttığı "Elif Gibi Sevmek" kitapları 1 milyon baskıyı geçti. Ardından *Eyvallah*, *Eyvallah-2* ve *Fesleğen* kitaplarını çıkarttı. Tüm kitapları toplam 2 milyon adedi geçti. Sosyal medyada toplam 7 milyondan fazla takipçiyle üretmeye, paylaşmaya devam ediyor.

Uzaktan yazar olarak kabul edilse de dikkatlice incelendiğinde kendisinin yazarlıktan ziyade derdi insanları uyandırmak ve değiştirmek olan bir hayalperest olduğunu görebiliriz.

En büyük yeteneğinin "hayal kurabilmek" olduğunu söyler. Kitlesel değişimlerin mümkün olduğuna inanır ve Youtube kanalında videolar, sosyal medya hesaplarında yazılar, kitaplarında da kurgular ile edebiyat yapmaya değil, kitlesel uyanışı sağlamaya çalışmaktadır. Tüm bu yaptığı şeyleri hayatını adadığı yaşam felsefesini insanlara aktarma aracı olarak kullanmakta ve inandığı felsefeyi tüm dünyaya yaymayı amaçlamaktadır.

Hikmet Anıl Öztekin'e "Yaşamınızdan sonra dünyaya bir cümle bırakmak isteseniz o ne olurdu?" diye sorarsanız tek bir cevap alırsınız:

"Ne için varsan, O'nun için yaşa..."

Yazar hakkında detaylı bilgi için: www.hikmetaniloztekin.com

Dünyaya hâlâ daha alışamamış,
tanıdığım ve tanımadığım herkese...

Bu kitap yazarın yaşadığı olaylardan
esinlenerek yazılmıştır.

Aşk Nedir?

Bir erkek bir kıza ya da bir kız bir erkeğe neden âşık olur? Neden bir erkek yıllarca birlikte yaşadığı annesine babasına yazamadığı şiirleri birkaç kez gördüğü sevdiceğine yazar? İnsan neden âşık olunca sevdiğinden başka bir şeyi düşünemez hale gelir? Neden bütün filmlerin, şarkıların, türkülerin, hikâyelerin temelinde aşk vardır? Alın çayınızı kahvenizi, belki de ilk kez duyacağınız birkaç bilgi ile Aşk'a bakış açınızı değiştirecek bir şeyler öğrenelim.

Öncelikle Aşk, Arapçadan dilimize geçmiş, "sarılmak", "bir olmak" anlamlarına gelen dünyanın en popüler kelimesidir.

Aşk insanın madde ile açıklanabilecek bir ihtiyacı değildir, Aşk ruhsal bir meseledir. Zaten insan madde değil mana ağırlıklı bir varlıktır. Aşk karşılık beklemeden karşındakini sevmektir. Eğer "Neden seviyorsun?" sorusuna bu dünya dahilinde vereceğin bir cevabın varsa o bir koşula bağlı olduğu için aşk olmaz. Sevgi olur, heves olur, meyil, tutku, arzu olur.

Gerçek aşkta hayal kırıklığı, üzüntü, karşılık alamamak olmaz. Neden? Çünkü bir beklenti yoktur. Beklentinin olmadığı yerde de hayal kırıklığı olmaz. Şair diyor ya "Seni seviyorsam bundan sana ne?" diye, işte öyle...

Bu tanımları yaptıktan sonra asıl anlatmak istediğim yere geldik.

Eğer insanlar kalplerine gerçek anlamda bakmayı öğrenirlerse, çoğunluğu, şiddetli bir şekilde istedikleri şeyin bu dünyada olmadığını anlayacaktır. Öyle bir hasrettir ki hiçbir evlilik, hiçbir seyahat, hiçbir eğitim, hiçbir mal, para, arkadaşlık, sosyal ortam, başarı gerçek anlamda onu tatmin edemez. Bunu söylerken başarısız evlilikleri, tatilleri, eğitimleri kastetmiyorum. Olması mümkün en başarılı ve üst seviyede ve en pahalı şeyleri kastediyorum. Yani bu dünyada düşünebileceğiniz hiçbir uç nokta insanı tam anlamıyla tatmin edemez. Ne kadar çok şeye sahip olursanız aradığınız şeyin bu dünyada olmadığını o kadar iyi anlarsınız.

Peki neden böyle olur? Çünkü dünyadaki hazlar insanı tatmin için değil, bilakis o tatminsizliği yaşatıp tatmin olabileceği şeylere talip olmasını sağlamak içindir.

İşte insan bu yüzden dünyada hep bir gariplik, bir eksiklik, bir yalnızlık çeker. Çünkü kendisini tatmin edecek şey bu dünyada yoktur. Onu bulana kadar ona rahat yoktur. Aslında bu açlık ve bu dünyadaki şeylerle doyamama durumu bile insanın başka bir dünya için yaratıldığının ispatı olmaya yeter.

Aşk bu dünyada yaratılan bir şey değildir ancak burada bir ince nokta var, aşkı anlamamız için bu dünyada araç gereç ve donanımlar vardır. Yaratan da kendisini bulalım diye bize âşıklık istidadı vermiştir. Burayı birkaç örnekle açalım:

Mesela bu dünyada ebedi hayat var mıdır? Bırak insanı, Dünya bile, Güneş bile, gökteki yıldızlar bile ebedi değildir, doğum günleri olduğu gibi ölüm günleri de olacaktır. Ama her insanın en temel özelliği nedir? Hayatta kalabilmek. Hep yaşayayım ister. Neden? Çünkü Allah ebedi bir hayatın varlığını bize böyle anlatır. Yani şu an herkesin hastalıklardan kurtulmaya çalışması,

tatmin = zufriedenheit
gereç / donanım = Ausrüstung

yaşamaya, ömrünü uzatmaya çalışması, ölümsüz olmayı isteme- si bir gün ölümsüz olacağımızdandır.

Başka bir örnek verelim:

Asıl renkler, asıl lezzetler bu dünyada yaratılmamıştır ama insan bunlara bakıp aslını istesin diye burada da bir miktarı yaratılmıştır. Kuzey ışıkları. Nasıl muazzam bir mucize insan, zevk alıyor izlerken. Ucundan gösteriyor ki daha fazlasına talip olalım. Ufak bir ikram gibi.

Pazarda gezerken bazı pazarcılar kesip karpuzdan bir dilim verirler, yersin ve büyüğüne talip olursun. Pazarcı bilir ki ufacık bir şeyi beğenirse bu ürüne talip olacak. Allah da biliyor ki bu gaflet içinde cahil insanın aşk olmadan kendisini bulması zor olacak, kadına ve erkeğe âşık olmayı yaratmış ki oradan bulalım, güzel aylar, yıldızlar yaratmış ki bazısı oradan gelsin, bilim yaratmış bazısı oradan, denizler, gökyüzü, renkler yaratmış bazısı oradan, tatlar, yiyecekler yaratmış bazısı oradan, ilim, araştırma, keşif, icat yaratmış bazısı oradan.

O sevdiceğin Leyla var ya, onu düşününce karnında kelebekler uçuşturan, gece yorganın altında 3 saat attığı tek mesajı okuduğun Leyla, işte ona beslediğin duygu dünyanın en güzel duygusudur. Ancak bu hissettiklerinin Asıl Aşk'ı anlaman için sana verilmiş ipuçları olduğunu kavrarsan Leyla'yı sevmeyi anlamlı kılmış olursun. Bir kadını ya da bir erkeği sevebilirsin, bu belki de dünyadaki en güzel histir ama sadece onda kalırsan bu sana verilen güneşi elindeki kibriti yakmak için kullanmaya benzer.

Bunun tam tersini düşünelim mi? Karanlık bir âlemde yaratılsaydık, his yok, duyu yok, görmek, duymak hiçbir şey yok, Allah'ı aramaya çalışmazdık ki. Çünkü bir belirti yok. Allah'ı anlamlandırmak için ufak da olsa bir anlam olması lazım ortada. Büyük anlam için elimizde küçük anlam kırıntıları olması gerekli. Ama hiçbir anlam delili olmadan Asıl Anlam'ı algılayamayız. İşte bundan bu dünyada güzeller var. Ucundan gösteriyor bir güzele âşık oluyoruz, "Ya nasıl bir his bu?" diyoruz. Aslında ne yapıyor aşk? Hissini ucundan bize gösteriyor. Daha fazlasına talip olmamız için bize bir delil sunuyor.

Konuyu toparlarsak, "İnsan neden âşık olur?" sorusunun cevabı da şudur: İnsan ÂŞIK olabilmek için bir kadına, erkeğe, paraya, makama, manzaraya, güzelliğe âşık olur. Bunu sakın unutma, içindeki aşk Leyla'ya âşık olman için verilmedi, ama Leyla sendeki aşk tohumunun varlığından haberin olsun ve onu Allah'a yönelt diye yaratıldı.

Umarım edebiyata girmeden yazdığım bu samimi yazılarda aşk konusunda bakış açınıza bir şeyler katabilmişimdir. Bu metnin ve bu bakış açısının mantıklı olduğunu düşünüyorsanız lütfen insanlara anlatın. İhtiyacımız olan tek şey aşk. Ama önce onu doğru anlamak gerek...

Ruh Eşini Bulmanın 7 Yolu

Bir hikâyede şöyle anlatılır: Bir kız bir adamla tanışıyor, aylarca, yıllarca çok güzel sohbet edip konuşuyorlar. Sonra arkadaşı gelip kıza soruyor, sonunda hayal ettiğin o mükemmel adamı buldun mu diyor, kız da evet buldum ama ben sevdiğim adamla gideceğim diyor.

Bu hikâye bize söyler ki, aşk oldu mu konu akıl aradan çekilir. Bu metinde de aşka saygı duyarak yalnızca aklınızın köşesinde dursun diye kendi bakış açımla birkaç bilgi paylaşmak istiyorum:

1. Ruh eşi nedir?

Burada eşten kasıt aynılık değil, tamamlayıcılıktır. Ruhları birbirinin aynı olanlar değil ruhları eşleşenler yani birbirini tamamlayanlar mutlu eşler olabiliyor.

"Neden birisinin senin ruh eşin olduğunu düşünürsün?" diye sorsak gelecek cevaplar muhtemelen aşağıdakilerle ilgilidir:

İhtiyacın olan gülümsemeye sahip, ihtiyacın olan ses tonuna sahip, ihtiyacın olan güzel bir yüze sahip, her gün o yüzü görmek istiyorsun. İhtiyacın olan seni tamamlayacak bir entelektüelliğe sahip, ihtiyacın olan bir bakış açısına, algıya sahip. Yani özetle herhangi ya da birçok konuda seni tamamlayacak kişiye diyoruz ruh eşi. Aynın olana değil, bire bir seninle eş olana değil. Seninle eşleşene, seni tamamlayana diyoruz.

2. Neye tamamlanmaya çalışıyorsun?

Ruh eşi nedir öğrendik, şimdi senin ruh eşin geldiğinde ruhlar eşleştiğinde sen tamamlanmış olacaksın peki ama neye?

Bu basit, yüzeysel bir soru değil, olabildiğince derin ve mütemadiyen kendinle yüzleşmen gereken bir soru. Tüm bunlar ne için? Tüm bu sevmeler ne için, tüm bu kavuşmalar ve tüm bu tamamlanmalar ne içindir?

Şurada çok ince bir mantık var: Biri gelir ve mükemmel hissedebilirsin. Her şeyiniz uyum içinde olabilir. Tamamlanmışsındır belki. İşte anlatmak istediğim şeye geldim. Tamamlandın da neye tamamlandın?

Üniversitede Mehmet Mehmet vardı. Adı da soyadı da Mehmet'ti çocuğun. Ortamlara girmek için çevre yapmak için yanıp duruyordu. En sonunda bir kız arkadaşı oldu, adama mutluluktan yaklaşamıyorduk o zamanlar, tabii ben filozofvari konuşmalarla bir şeyler anlatıyorum. Sonra bağlantımız koptu, yıllar geçti, *Fesleğen* kitabım çıktığında Instagram'dan ulaştı bana ve şöyle yazmıştı:

"Belki beni hatırlamazsın, kitabını okudum, o gün dediklerinde haklıymışsın. Ben o gün o kızla tamamlanmışım ama yanlış şeye tamamlanmışım."

Ruh eşini bulma yolculuğuna başlamadan önce kendine şunu sor: Ruh eşim hangi yolculuğuma eşlik edecek? Beni neye tamamlayacak? Ben neye tamamlanmak istiyorum? Yolculuğumun adı ne ki yolculuğumda benimle eşleşecek birini arıyorum?

3. Senin rolün ne?

Şu sebeplerden dolayı onun senin ruh eşin olduğunu söylüyorsun, peki sen onda yolculuğunun neresini tamamlayacaksın? Bu mantık seni ayağa kaldırmada yardımcı olabilir. İnsan sevdiğine iyi gelmek istemez mi? Eşimin yanına yakışayım diye kıyafetine, saçına, ayakkabısına çekidüzen veren insan, eşimin ruhunun yanına yakışayım diye de ruhuna çekidüzen vermek istemez mi?

Kendini geliştir. Mesele gelmesi değil geldiğinde ne bulacağı. Gerçekten şu an çıksa gelse bulacağı sen ile gurur duyacak mısın? Yoksa utanıp sıkılacağın, saklamak zorunda kalacağın hatalarla, alışkanlıklarla ve geçmişle dolu biri mi olacaksın? Zaten mesele bulmak değil de kıymetini bilmek değil midir?

4. Aşk gelince akıl gider meselesi

Metnin başında ruh eşini bulmasına rağmen âşık olduğu adamı tercih eden kızın hikâyesini okuduk. Evet biliyorum Aşk gelince akıl gider. Hem de çok iyi biliyorum ama bildiğim bir şey daha var aklın gitmesi için gidecek bir aklın olması lazım. Sen akılsız olursan her hevesi ya da özentiliği aşk sanıp hayatını mahvedebilirsin. Mesele hakkında fikir sahibi ol, yani önce bir akıllı ol sonra âşık olunca gene kaybet aklını sorun yok. Tüm bu kendimizi geliştirmelerimiz, işte bunun için, âşık olmak dünyanın en güzel şeyidir ama kendini geliştirmemiş bir insan her gördüğüne "Allah için âşığım ben" diyebilir.

5. Hangi sen?

Bu maddede açmak istediğim konu şu: İnsan çok hızlı değişiyor, 5 sene önceki siz ile şimdiki siz arasında çok kritik kararlarda bile farklılıklar olabiliyor. Peki bugün ruh eşim dediğine 5 sene sonra da ruh eşim diyor olabilecek misin? Onun da senin de amaçlarınız, alışkanlıklarınız, ilgi alanlarınız, arkadaşlarınız, işiniz, sevdiğiniz kitaplar vs. muhtemelen değişecek. Aynı insan okuduğu ve sevmediği bir kitabı yıllar sonra okuduğunda sevebiliyor. Ya da çok sevdiği bir şeyi yıllar sonra anlamsız bulabiliyor.

Peki madem sürekli değişiyoruz o halde ömürlük ruh eşini bulmak imkânsız olmuyor mu? Burası ters gibi dikkat lütfen: 2 cevabı var.

İlki şu: Sizinle uyum içinde değişen biri bulursanız, hep aynıya doğru değişirsiniz. Ama 2. kuralı hatırlayın, yanlış şeye tamamlanmamak için de hep doğruya değişmeniz gerekiyor, bunun mümkün olması için de 2. cevabı söylüyorum. İkinizin de değişmeyen bir yolda yürümeniz lazım.

Bir düşünün bulabilecek misiniz? İkinizin de değişmeyecek, bitmeyecek, eskimeyecek, sıkılınmayacak bir hayat amacınız varsa işte o zaman hem uyum içinde değişir hem de kesin doğruya doğru değişirsiniz. İşte bu muazzam bir şeydir. Bu eşleşme evrende yaratılmış en muhteşem şeydir, herkese nasip olmasını dilerim.

6. Ruhuna bir eş gerçekten lazım mıdır?

Gerçekten lazımdır. Çünkü insan eksiktir, âcizdir. Tamamlanmaya ihtiyacı vardır buna da tekâmül deriz. İnsan hangi yaşta olursa olsun, öğrencidir. Öğreneceğin o kadar çok şey var ki, bakmayı, sevmeyi, dokunmayı, kazanmayı, harcamayı, biriktirmeyi, şiiri, evreni hep öğrenme halindesin.

Ama insan bu kadar derin düşünmez, ruhuna eş aramak yerine yanına karşı cins arar. İçe değil hep dışa büyüdüğü için içedönük bir arayışta değildir. Romantizmin ya da cinselliğin peşindedir. İlahi bir tamamlanmayı anlayamaz.

7. Son olarak da âşık olunca neden akıl gider derler biliyor musunuz?

Akıl gider çünkü ruh benzerini bulduğunda akla ihtiyacı olmaz, onunla irtibatı keser. Aşkın ilahiliği buradan gelir çünkü âşık olduğunda belki de ilk kez aklınla değil ruhunla yaşamaya başlarsın.

Tamamen kendi hayat bakış açımla bir konu hakkında kalbinize bilgiler ve genel kültür ekmek istedim. Duruşumuz ve yürüyüşümüz elif gibi dosdoğru olursa hayatta başımıza gelenler arasından da hep güzeli seçmeye meyilli oluruz. Bu konunun videosunu da yine bu başlıkla Youtube kanalımda bulabilirsiniz. Özellikle de Fesleğen ile Seyyah'ın hikâyeleriyle bir aşkı daha iyi anlayabilirsiniz...

Elif Gibi Sevmek

Elif alfabenin ilk harfi, diğer harflerin de sebebi ve kaynağıdır. Diğer harfler ondan doğar. Allah'ın isminin ilk harfi Elif, evvelin, ahirin, ezelin ve ebedin de ilk harfidir. Birdir, birliktir. Her şeyi birleştiren bir çizgidir. Mevlana der ki: "Aşk da tıpkı elif gibidir, isminde gizlidir. O olmadan da besmele sesi gelmez. O her şeyin başıdır."

Bu bizim sevdamızın hikâyesiydi
abdestli yüreklerle gecelere tefekkür edilmiş...
Elif gibi dosdoğru sevmenin hikâyesiydi
Elif gibi sağlam, koşulsuz ve şartsız
cezim hali gibi tutkun
şeddeli hali gibi kuvvetli
harekeli hali gibi kâh boyun eğen kâh başkaldıran
ve Rabb'ine bir Elif kadar masum, boynu bükük...
Alfabenin ilk harfi gibi
bir başlangıçtır Elif Gibi Sevmek...

Elif Gibi Sevmek yalnız sevmektir
dikeni bırakmadan, sağa sola bakmadan, yalansız riyasız
yüreğine kül ettiğin tek bir heceye ömür boyu talip olmaktır...
Zamanın ve mekânın dışında sonsuzu sevmek
ne olursa olsun sevda yolunda eğilmeden bükülmeden
vazgeçmeden sevmektir
cennetin kapısından girince ilk onu istemeye yemin etmektir...
Kimselerin bilemeyeceği, anlayamayacağı gibi sevmektir
dimdik sevebilmektir, hiç vazgeçmeden...
Tıpkı yazılıp okunmadığı yerlerdeki gibi
bazen de içinden derin ve sessiz sevmektir
sevdiğini ateşten korumak için ona yaklaşmamak
yalnız başına kuru odunlar gibi yanmaktır Elif Gibi Sevmek...

Yalnızlığı sevmektir, içten içe yanmayı sevmektir.
Martıları dost edinmektir
hasret kokan gece yıldızlarını gözlerine benzetmektir...

Yârin açtığı yaranın Yaradan'a yaklaştırmasıdır insanı.
Bu yara hiç iyileşmesin ki
ne yârimi unutayım ne de Yaradan'ımı dedirten teslimiyettir...
Elif, nefisten uzak sadakati şüphesiz sevmektir
tekliği katı, paylaşımsız, ebedi ve ezelidir.
Elif, Allah'ın bizi sevdiği gibi sevmektir.
Dostluktur, yârenliktir, arkadaşlıktır
önce ile sonrayı, geçmiş ile geleceği birleştiren anahtardır.

Elif bir bilinmezdir, bir sırdır, gizdir...
Harekesiz, yalansız, yanlışsız...
Tek bir harfle sessiz kalmak
kor gibi yanmak
hamuş olmak, sessiz ve derinden sevmektir.

Elif Gibi Sevmek, olmayacağını bile bile imkânsızı sevmektir.
Bütün yalanları bir kenara bırakıp
hayalinin peşinden koşmak demektir.
Allah için sevmek, sadece O'nunla iman dolu
bir hayat istemektir.
Elif Gibi Sevmek her şeyi bir kenara bırakıp
sevdiğinin gözlerinde hapis olmak demektir.
Severken Yaradan'a her şeyin cevabını verebilmektir
dosdoğru, yalansız sevmektir...

Elif ilk, Elif tek, başı yok, sonu yok...
Uzattıkça artan sevgi, gönül bağı, masumiyet
bitiminde ise baştan başlayış bir o kadar da uzatılmayacak
kararlı, tek...
Her kelime, her harf Elif'ten oluşur, Elif'ten meydana gelir
Elif'le başlar
Elif Gibi Sevmek Elif olmak
onunla yeniden doğup onunla şekillenmektir...

Kanatlarını, acıyı, yanmayı düşünmeden
Güneş'e yola çıkmaktır.

Zanaattır Elif Gibi Sevmek ve ustası da pek azdır dünyada...
Elif Gibi Sevmek
her şeyi göze alıp sebepsizce baştan aşağıya sevebilmektir.
Sonu olmayan bir sevgi, bazen de bitmek bilmeyen bir acı...
Hüznünü, acısını belli etmeden koşulsuz sil baştan sevmektir...
Elif Gibi Sevmek, "Kördüğüm" gibi sevmektir...
Elif Gibi Sevmek
sevdada dik durmak, istikrar sahibi olmak
yalnızca iktidar değil
her menfi olay karşısında Elif gibi dik durup sevdiği için
olumsuzluklara göğüs gerebilmektir.
Elif Gibi Sevmek, cesarettir!
Elif ilk harftir
ilk aşk gibi sevmek, ilk aşk gibi yanabilmek
ve ilk aşk gibi sonsuz olabilmek.

Elif gibi seveceksin...
Elif Gibi Sevmek, sessiz kalmaktır.
Dilin sevgiyi yorumlaması güzeldir
ama dile gelmeyen sevgi daha güzeldir.
Çünkü "Elif Gibi Sevmek"
tek başına anlamlı olan "Elif" adında gizlidir...
Elif Gibi Sevmek, tek "Aşk" için yaşamaktır
ölümünde alacağın şekli hatırlatır Elif
dünyadan sıyrılmak, Leyla'dan Mevla'ya ulaşmaktır.
Elif Gibi Sevmek, "Sır" gibi sevmek demektir.
Yani Elif Gibi Sevmek, Yusuf olabileni sevmektir...

Zanaat: Handwerk
istikrar: Stabilität
iktidar = Macht
menfi: negativ

Onu görünce lal olmak

yanında ise mutluluğu bir harf uzatmak gibidir

Elif Gibi Sevmek.

Elif Gibi Sevmek, iki kalbi tek kalbe bağlamak

bir nefeste iki kişiyi yaşatmaktır...

Kalem senin! Mürekkebin de var! Elif'i yazacak kâğıdın da var!

Kalem, senin iradene yön veren aklın

mürekkep, seni sen yapan muhabbetin

kâğıt ise içinde âşığı da maşuku da besleyip

yaşatacağın gönlündür.

Aklın, iradene sahip çıkıp muhabbetine versin kendini

ve o muhabbeti kalbine işlesin.

Elif olarak işlesin...

Elif gibi dosdoğru...

Elif gibi ilk...

Elif gibi dimdik!

Aşk insanın yaratılış amacıdır, gittiği ve gideceği yoldur. Aşktan başka bir yolu yok insanın yeryüzünde. Başlangıçta yalnız O'nun sevgisi vardı ve sonda da yalnız O'nun sevgisi olacaktır. Ne yazık ki insan kalbini dünyaya esir edip kendi özünü kirletmektedir. Oysaki Elif Gibi Sevmek Allah'tan başka yolumuzun olmayacağının farkına varmaktır. Elif gibi sevmenin ana kuralı, sana seni bahşedene her nefeste hürmet göstermektir. Aşkı Allah'a yönlendirip yalnız sana Allah'ı hatırlatanı sevmektir.

Mürekkeb: Tinte
irade: Willen

Gece Dostlarına

Derdinden korkmayan
yağmurlu geceleri özleyen
sebepsiz hüznünü her daim yüreğinde
geceleri yalnız kaldığında ise gözlerinde taşıyan
gerçekten özleyen
ama anlatamayan
anlayanı olmayan
kitapları seven, okuyan
kılan
sadece vuslata değil, hasrete de eyvallahı olan
kendi çayını kendi demleyen
dostlara selam olsun...

Saat 04.32... Yine sabahı ettim, gözlerimde uykusuzluğun acısıyla. Şehre yağmur taneleri düşüyor, yaprakların üzerinde çıtırtılar, çatıda tıkırtılar bırakıyor kulağıma. Hasretim bir yağmur olup iniyor şehrin tepesine. Yalnızlığımı avutmak için sarıyor içinde durduğum evi. Sen şimdi uzaktasın, kim bilir senin şehrine de düşüyor o damlalardan. Ben buradayım sen orada, tepemizde gökyüzü. Aynı göğün altında ıslanıyoruz, belki de aynı yağmuru taşıyan aynı bulutun damlası birazdan benim camıma vuracak kim bilir... Bir damlada buluşacağız. Bir olacağız.

Elif

İsmin
Ömrümün diğer adıydı, dudaklarımı yakan.
Mecazlarla kurban edilen
kelimelerin ifadede yetersiz kaldığı manaydı...

İsmin
Bir Elif miktarı yüreğime uzattığın köprünün inşasıydı
beni sana bağlayan...
Dua dua kavuşmayı umduğum zamana sinen derin sancıydı...

İsmin
Uzak ve yakın olmanın resmiydi, tüm renkleri aşka boyayan.
Eyvallahın olmadan beklemeyi öğrenen kalbimin,
âciz yanıydı...

İsmin
Sevmenin tarifi
yazdıklarımın özeti, sevdamın adıydı.

İsmin
Elif'ti...

Nefsi meşgul eden her şey karşısında elif gibi dimdik durabilmeli insan. Çünkü insan olmanın en güzel hasleti iyi huylu olmaktır. Kendi çıkarının peşinde koşan insanlar zelil olmaya mahkûmdur. O'nun huzuruna vardığımızda başımızın öne eğilip mahcup olmamamız için. Bir kulunu seveceksek elif gibi dosdoğru sevmeyi, bu dünyada yaşayacaksak da Allah için yaşamayı öğrenmeliyiz...

Kısaca Sevmek

Aslında çok basit de biz insanlar zorlaştırıyoruz bunu, kısaca sevmek...

Hani bazen biri çıkar ömür boyu dinleyesin gelir ya, aslında anlatmak istediğim şey tam da bu.

Heyecandan birkaç gün yemek yiyemezsin, evin içinde döner durursun, için böyle kıpır kıpır olur. Bütün güzelliğini, bütün emeğini ona feda edesin gelir ya, işte o sevmekten bahsediyorum.

Bilmiyorum, ne zaman bu konu açılsa, "Seveceksen Allah için seveceksin" diyesim geliyor. Seni Allah için sevdim diyeni seveceksin ya da.

Özgür olacak sevdiğin, her şey, dünya, para, heyecanlar kontrolünüzde olacak. Korkmayacaksınız hiçbir şeyden, ötesi yok aslında, cehennemin dibine kadar birbirini sevmeye cesaret eden bir çift olacaksınız. Başka biri olacak o ötekilerden. Beden değil, başka bir şey olacak sevdiğin.

Aslında yaşamak bir kültür meselesidir. O kadar geniş bir algınız olacak ki, dininizi de daha iyi yaşayacaksınız birlikte, en gezginden daha çok gezeceksiniz, en mutludan daha çok tebessüm edeceksiniz, en sevenlerden daha sıkı sıkıya tutacaksınız ellerinizde.

Merkezinde Allah'ın olduğu yüreğe sahip birini seveceksin.

Ve öyle seveceksin ki ondan daha çok sadece Allah'ı seveceksin.

Bir bilinmezlik olacak mutlaka, bilemeyeceksin bazı şeyleri

çok ayrıntıya girmeden, özetle seveceksin bazen.

Bazen bunun adı sevgi olmayacak, aşacak, taşacak... Artık onu sevmiyor, ona inanıyor olacaksın.

Hatta o kadar seveceksin ki ona bile gerek kalmayacak bir yerde. Sen de kalmayacaksın, o da kalmayacak. Bir tek sevgi kalacak, sizi Allah'a götüren bir cennet olacak bu dünya...

Onun seni sevdiğini bilmek gıdan olacak. Bunu bilmek en güzel değil, tek gerçek şey olacak hayatında. O senin küçücüğün olacak, bir tanen olacak. Kıyamayacaksın bakmaya bile. Kaldıramayacağını bilsen de bu kadar sevgiyi, hani demiştim ya gökyüzünün tavanına kadar seveceksin neredeyse artık.

Aslında uzatmaya da gerek yok ama o kadar seveceksin ki, uzatmaktan da, saçmalamaktan da, yazmaktan da, yazamamaktan da korkmayacaksın. Bir Allah'a teslimiyet kölelik olmayacak senin için, bir de ona.

Öyle bir şey olacak ki sevmek, satır aralarındaki tanım olmaktan çıkacak. Sende ete kemiğe bürünecek. Gören, işte bu adam/kadın seviyor diyecek. Sevmen, dokunulabilir, görülebilir, duyulabilir bir şey olacak. Somutlaşacak. Yanında taşıyacaksın yüreğinden alıp bazen.

Duaya benzeyecek biraz da sevgin, niyet ettikten sonra etrafa bakmayacaksın. Yalnız olacaksın biraz, en güzel aşk, yalnızken gelirmiş. Aslında insan en çok yalnızken, sıkılırken mutludur.

Çünkü hevesten arınmışsındır. Hele bir de hüzün varsa, en çok o zaman yaklaşırsın Allah'a. Seveceksen ağlamadan sevmeyeceksin, aşk buğusuz olmaz, kuru gözlerle sevdiğinin yüreğini göremezsin.

Ona huzur vereceksin, sana güvenecek. Sadece gülerken değil, ağladığında da onu bırakmayacağını söyleyeceksin. Gecenin köründe de arasa sanki hiç uyumamışsın, onu bekliyormuşsun gibi açacaksın telefonu. Heyecanın bazen gidebilir, önemli değil; onun, "O" olduğuna inandıysan eğer, ibadete devam edeceksin...

Onun için önemli insanların hep yanında olacağını sanır, ta ki olmayıncaya kadar. Hatta seni –hayatındaki en büyük ikramı– bile kırabilir bu uğurda. Onu anla, böyle durumda bile onu bırakma, işin gücün onu sevmek olsun. Zaman zaman maske takabilir ve hayat değil, bu ona ağır gelebilir. Beş sene sonra yanında olmasını isteyeceği kişinin sen olduğunu hemen şimdi anlaması için Allah'a dua etmeyi de unutma. O senin küçücüğün ve her şeyindir, bunu bilmesine izin ver. Bir tanendir o senin, kimyandır.

Neyse...

Seviyorsan gerçekten, hayatında iki kere düğüm
yükselecek boğazına
biri onu tanıdığın gün...

Biri de ayrıldığın gün
yani bugün...

Aşk

Meramı aşk olan diyarlardan gelip bir acınası haldir
bu yerkürede yaşamak.
Büyümek için yaratılmış zamanı, yaşlanmak için kullanan
o sahtekâr insan.
Bilmediğine düşman kesilenler değil miydi
tüm bu kaosun mucidi.
Acımasız savaşlarla dolu bir dünyada hayalimdi
repertuvarı geniş hüzünlü bir derviş
muaf olduğunu mu sanır insan bu karanlık labirentten
koca bir çark mı sanır kendini insan ufak bir somun
bile olamazken?
Koşar peşinden havadaki birkaç tuğlanın ve birkaç teker
ile birkaç rujun
mamafih çözüverirdi yolu üç günlük dünyaya
minnet etmeyen.

Meramı = Zweck, Ziel, Vorsatz
mucit = Erfinder
Muaf = befreit

çark = Rad
somun = (Schrauben)-Mutter
mamafih = dennoch
trotzdem

Kime sorsam yolumu ya bozuk çaldılar ya yalan
ya da pinhan.
Bir adım tefekküre bin adım terakki hediyesi
kimin umurunda?
Psikolojik bir devrimde doğan o kınalı, sergüzeşt delikanlı
takip etmeliydi içindeki ateşin neyi yaktığını
çünkü o yangın karar verecekti tabanların güneşe mi
zifte mi yürüyeceğine.

O ferasetli o sezgi bakışlım
kaldır başını yastıktan artık ve kurtul şu alışagelmişlikten.
Bize gelenek değil bize gelecek lazım.
Bize put değil bize aşk lazım.
Bize korku değil bize sevgi lazım.
Bütün bu olan literatürü taşı delip açan bir filiz gibi
dağıtmak lazım.

Öp alnından bir çiçeği ve dokun altındaki o vakur toprağa.
Görüşeceğiz de, meramım de, bir ağıt, bir gözyaşı
bir sesleniş çek.
Bir şeyler anlat güneş ile arasına girdiğin o izdüşümüne
bir kelime miktarı kadar uzaksın çünkü hakikate,
yalnızca bir kelime...
Duyduğunda ise onu, şuursuz dizlerin ve boynun üzere
kurulu hayatını
tek bir kelimenin geçtiği hayallerin uğruna adayasın gelir.
Verilen öğüde uyup, başını ayağın altına alasın gelir.

pinhan = versteckt, geheim
tefekkür = Nachdenken
terakki = Fortschritt
Maramım = Wunsch
şuursuz = unbewusst

sergüzeşt = Abenteuer
zift = Pech
ferasetli = anlayışlı
sezgi = Vorgefühl

Gücünü besmelenin sırrından alıp, gelen dertleri buyur edesin gelir.
Gök kubbeye serpiştirilmiş yıldızlara nerde benim kaderimdeki aydınlık diye sorasın gelir.
Başkaldırmak bu kadar teferruatken Allah'a, içinden bir yerden şükredesin gelir.
Düzenin çarkına sıkışmış ellerin, alnının teriyle koşasın gelir.
İçinde bir yerde hüzünlü yolların taşını toprağını öpesin gelir.
Bir bağırdan içeri, bağda açan filiz olasın gelir.
Bir çağdan dışarı, içindeki çağı aşasın gelir.
Bir diyardan yukarı, git denen diyarlara gidesin gelir.
Var olmadan varlıklı olmaya çalışanlara, iki çift hikmetli söz edesin gelir.
Özleyesin gelir yapamadıklarını ve bir coğrafyaya haykırasın gelir.
Tutasın gelir ellerinden oturanları, kaldırasın gelir yürümeyi unutanları.
Adaleti savunmayan dilsiz şeytanları
şahdamarından da sana yakın Allah'ına şikâyet edesin gelir

Duysun istersin yaratanın bu sözleri
ve kimselerin olmadığı bir gece yarısı
buğulanmış gözlerinin vücuduna sarılıp ağlayası gelir...

teferruat = Detail
çark = Rad
buğulanmak = Dampfen

Kız Kulesi

İlk kez gitmiştik
Kız Kulesi'nde, "Beni ne kadar seviyorsun?" diye sordu
sustum
konuşamadım
dünyada sevgimi anlatacak kadar çay yoktu...

Efsanedir ya Bizans imparatorunun kızı olur, kızı dünyaya gelir gelmez kâhinler imparatora kızının 18 yaşına gelmeden bir yılan tarafından sokulup öldürüleceğini söylerler. İmparator hiddetlenir ancak kâhinlerin bu felaket haberinden de etkilenmiştir. Adamlarına hemen güvenli bir yer bulmalarını söyler. İmparatorun yakınlarından biri denizin ortasında küçük bir ada üzerindeki virane kulübeden bahseder. İmparator emri verir ve kuleyi baştan inşa ettirir ve kızını orada yetiştirmeye başlar. Ancak kâhinler haklı çıkar ve kızı 18 yaşına gelmeden Kız Kulesi'nde meyve sepetinde gizlenen bir yılan tarafından sokularak öldürülür. İmparator kızını kaderinden kaçıramamıştır...

Kâhin = Hellseher

Gözlerin

Gözlerimi kapadığımda gökyüzüne bakıyorum
inanmıyorlar ama yüzünün binlercesini görüyorum.

Bu gece de nasibimize vuslat düşmedi yâr. Ne olacak, kâğıda vurduk kendimizi. Âşığa içecek başka şey mi var sanki; bir elimde çay, sen yoksun, ne kadar tadı varsa artık.

Pervanelerin hikâyesini bilir misin? Bir gece pervaneler kendi aralarında toplanmışlar ve mumun hakikati hakkında tartışmaya başlamışlar. İçlerinden biri birimiz gitsin o mumu araştırsın, sonra gelsin bize anlatsın demiş. Bir pervane uçup gitmiş ve uzakta bir köşk görmüş. Köşkün içinde nur gibi yanan muma doğru uçmuş. Uzaktan bakıp geri dönerek diğer pervanelere gördüklerini anlatmış. İçlerinden en ulu olanı "Senin mumdan haberin bile yok" demiş. Sonra başka bir pervane atılmış. Muma biraz daha yaklaşmış, etrafında kanat çırparak dönüp durmuş, geri dönmüş ve deneyimini anlatmış. Ulu pervane "Sen de gerçeği bilmiyorsun" demiş. Derken başka bir pervane kalkmış ayağa. Kendisini ateşin içine atmış, baştan ayağa kıpkızıl kesilmiş. Yok olmuş, ateş olmuş. "İşte..." demiş ulu olan. "Hakikati yalnızca o biliyor."

Sen Bana Yangın Ol Efendi

"Sen bana yangın ol efendi" dedi.

Beni bu kadar aşan bir söz hatırlamıyorum.
Dünyevi algımı geçti
öyle bir taşırdı ki beni
bir anda bütün duygularım gözlerimden aktı gitti.
Kendimden geçtim o gözlere bakınca
her yer O'na bakmaktı sanki
her yüz O'nun yüzüydü...

Her şiirin ona yazılası geliyordu.
O günden beri tek diyebildiğim şey, "Elif gibi sevdim" oldu...

"Elif Gibi Sevmek"
tüm yaşanmışlıklarımın
tüm anılarımın
tüm şiirlerimin noktası oldu...

Gözlerim dalar karanlık sığ sulara, ruhum derin sularda
nefesimi tüketirken.
Güçsüz düşmüş gibiyim, yorgun düşmüş gibiyim.
Sen yoksan nerede olacağımın önemi yok gibi.
Mağlup olmuş bir ordunun paralı askeri gibiyim.
Kendi savaşımda kendine esir düşen bir hayat eriyim...

sığ = seicht
Mağlup = besiegt

Seviyorum Seni...

Şiirlerime bakıyorum
hepsi seninle başlayıp seninle bitiyor.
Yaptığım her şeye güzel niyetlerle başlıyorum
yanımda olma hayalinle bitiriyorum.
Ben seni düşünmüyorum, seni yaşıyorum.
Laf cambazlığı olarak düşünme lütfen
bilinçaltından gelen bir hal ile
her zor anında küçücük avuçlarını kaldırıp
yanaklarından yaşlar süzülen bir çocuğun samimiyetinde
seviyorum seni...

Yağmurun çetin dağlarda yatağını bulup akması gibi
koca çınarların kayaların arasından bitmesi gibi
en çok da yağmurdan sonra topraktan kalkan o koku gibi
seviyorum seni...

cambazlık= Akrobatik / Betrügerei

Yine masamdayım. Düşünceler içinde gidip geliyor kalemim. İçimden taşanlar sığmıyor kâğıtlara. Nasıl daldıysam kelimelerin deryasına camın önündeki sokak lambası yanınca fark ediyorum akşam olduğunu. Zayıflamış ışıkta çabaladığımı unutturacak kadar derin meşguliyetimden sıyrılıp dünyaya dönüyorum. Yorgun insanlar dönüyor işten eve, evlerin odalarında yanan lambalar bir bir açılıyor, zihnimin karanlık köşelerine vuruyor ışıkları. Şimdi şu evde mutlu bir aile vardır diyorum, birazdan babaları işten eve dönecek, büyük bir mutlulukla oturacaklar bir tas çorbanın başına. Saadetleri öyle büyük olacak ki bir tas çorba yetecek onları doyurmaya. Şu köşedeki evde benim gibi bir yalnız vardır belki. Geceye hazırlanan... Belki şiirler yazıyordur benim gibi. Birbirimizi görmesek de mısralarda bir dostluk kurarız onunla. Benim gibi cama yaslamıştır başını. Gece çökerken şehre, soğuk duvarların arasında o da benim gibi gecenin yalnızlığını beklemektedir. Tıpkı o mutlu baba gibi, birazdan kapıyı vurup içeriye girecek olan...

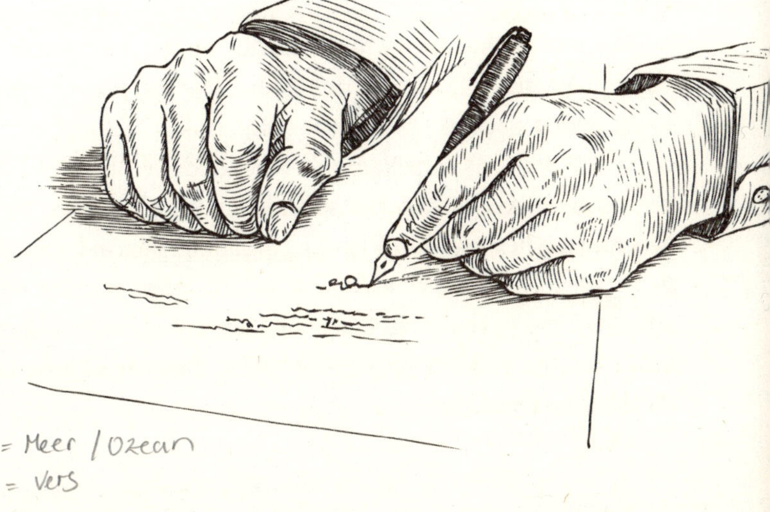

Derya = Meer / Ozean
Mısra = Vers

Leyla ile Mecnun

Mecnun, ünlü bir kabile reisinin dualar ve adaklarla dünyaya gelmiş olan Kays adlı oğludur. Öğrenim gördüğü mektepte bir başka kabile reisinin kızı olan Leyla ile tanışır. Bu iki genç birbirlerine âşık olurlar. Mektepte başlayıp gittikçe alevlenen bu macerayı Leyla'nın annesi öğrenir. Annesi öğrenmesine öğrenir ancak kızının bu durumuna kızarak kızına çıkışır ve bir daha mektebe göndermez. Kays mektepte Leyla'yı göremeyince üzüntüden çılgına döner, bir süre sonra Kays kendi halinin ötesine geçip başını alıp çöllere gider ve Mecnun diye anılmaya başlar.

Mecnun'un babası, oğlunu bu durumdan kurtarmak için Leyla'yı istese de Mecnun deli oldu diye Leyla'yı vermezler. Leyla evden kaçarak, Mecnun'u çölde bulur. Halbuki o, çölde ceylanlar ve kuşlarla arkadaşlık etmektedir ve mecazi aşktan ilahi aşka yükselmiştir. Bu sebeple Leyla'yı tanımaz. Babası Mecnun'u iyileşmesi için Kâbe'ye götürür. Duaların kabul olduğu bu yerde Mecnun, kendisindeki aşkını daha da artırması için Allah-ü Teâlâ'ya dua eder. Duası neticesi aşkı daha da çoğalır ve bütün vaktini çöllerde geçirmeye başlar. Diğer tarafta ise Leyla da aşk acısı içindedir.

kabile reis = Häuptling
mecazi = metaphorisch
bildlich

Bir zaman sonra ailesi, Leyla'yı İbn-i Selam isimli zengin ve itibarlı birine verir. Ancak, Leyla kendisini bir perinin sevdiğini ve eğer kendisine dokunursa ikisinin de mahvolacağını söyleyerek İbn-i Selam'ı vuslatından uzak tutmayı başarır.

Mecnun, çölde, Leyla'nın evlendiğini arkadaşı Zeyd'den işitince çok üzülür. Leyla' ya acı bir sitem mektubu gönderir. Leyla da durumunu bir mektupla Mecnun'a anlatır. Kendisini anlamadığından dolayı o da sitem eder.

Bir müddet sonra İbn-i Selam ölür. Leyla baba evine döner. Birçok tereddütten sonra her şeyi göze alarak, Mecnun'u çölde aramaya başlar. Fakat Mecnun, dünyadan elini eteğini çekmiş, ilahi aşk yüzünden Leyla'nın maddi varlığını unutmuştur. Leyla, çölde Mecnun'u bulduğu halde, Mecnun onu tanımaz. Leyla onun erdiğini anlarsa da yine onsuz yaşayamaz. Hastalanıp yataklara düşer. Kısa zaman sonra da ölür.

Mecnun, Leyla'nın ölüm haberini öğrenir. Gelip mezarını kucaklar, ağlayarak çılgına döner ve Leyla'nın kabrinin başında ölür. Bir müddet sonra Mecnun'un sadık arkadaşı Zeyd rüyasında, cennet bahçelerinde birbiriyle buluşmuş iki mesut sevgili görür. "Bunlar kimdir?" diye sorunca derler ki: "Bunlar Mecnun ile onun vefalı sevgilisi Leyla'dır. Aşk yoluna girip temiz öldükleri, aşklarını dünya hevesleriyle kirletmedikleri için burada buluştular."

Pencere

Gökyüzünden inen yağmur yeryüzünü arındırır derler. Yalnızca bu değildir yağmasının sebebi, her yağmurda içli insanların ruhları da arınır. Her yağmurda nasibi gelen insanların hayata bakışı değişir. Bu yüzdendir belki insan içine kapanıp pencerenin ardından yağmuru izlemeyi çok sever. Ben ise sensiz hiçbir yağmurda ıslanmayı göze alamadım.

Hiçbir yağmurda, sensiz ıslanmaya cesaret edemedim ben.

İşte bundan, pencerenin ötesine geçemedi hayallerim...

arındırmak = bereinigen

Yağmurdan Daha Fazla Bir Seni Sevebildim...

Sen yoktun o zamanlar
çocukluğumda en çok yağmuru severdim ben...
Ne zaman bir dert gelse bana
yağmur yağar
dinler
dokunur
ve topraktan kalkan o kokuyu koklardım...
Ateşim sönerdi...

Sonra büyüdüm
gözlerini gördüm
yandım
yağmur yağdı
ve ilk kez sönmedim...
Ben yağmurdan daha fazla bir seni sevebildim...

Huzur

Gelsen de
"Şimdi ne kadar kızarsa kızsın dünya, isterlerse güneşe koysunlar beni, yüreğim seninle öyle serin, öyle huzur dolu işte"
desem...

Bir anlatmaya kalksam senli solumu
huzurumun adının yolunu
bir Elif miktarınca uzar sana seslenişim.
Tek hece, kül hece, Elif...

Yaşın da sevdanın da 18'lerde olduğu zamanlar uçurtma alıp çıkmıştık ya sevda şehrimizin dağlarına; uçurtmayı uçuramadan yağmur başlamıştı. Öyle bir bakmıştın ki o yeşil gözlerinle yağmur bile yeşile boyanmıştı. Demiştin ya, "Uçurtmayı sen benim gönlümde uçurdun" diye.

Belki de böyle!
Senli yanım, huzurum yüreğimde uçurtmalar uçuruyor.
Hele ki yağmurlar, tenimden öte içime yağıyor
ben susuyorum
huzur denilen yer
yüreğimin seni düşünen köşesi...

Ağlamak Erkek İşidir

Gönül evini temiz tut, yâr gelince utanmayasın kardeşim
Dilini temiz tut, yâr derken utanmayasın kardeşim
Ekmeğini temiz tut, yâre ikram ederken utanmayasın kardeşim
Ellerini temiz tut, yâr elini öperken utanmayasın kardeşim
Yolunu temiz tut, yâre giderken utanmayasın kardeşim...

Tertemiz bir sevda ise hayalin, ağırlamanı da tertemiz yapman gerekir. Eline ilk kokuyu yârin vermelidir. Geçmişten bir koku varsa o elde, olmaz kardeşim. O çiçek orada yapamaz. Bir elde bir çiçeğin kokusu olur. Başka çiçek getirdin mi o ele, o çiçek de kırılır, o el de çiçeksiz kalır. Adam, bir kez öper bir çiçeği ve ömrü boyunca aynı çiçeği öper. Yâri kokar adam dediğin.

Sahibine ait bir yüreği sev. Sahibine ait bir yürekle, yine sahibine ait bir yüreği sev ki sahiplik etsin size, sevgililerin en sevgilisi...

Ağla, Allah için, sabrettiklerin için ağla, günahların için ağla, ellerini, dilini, gönlünü temizlemek için ağla, erkek adam ağlar mı hiç deseler de ağla kardeşim çünkü böyle ciddi meselelerde ağlamak, biraz da erkek işidir...

Kafiye ve Satır

Elif, kafiyesine şükür işlenmiş bir sevda biçimi belki de. Sevdiğimiz bir kadından öte, bir duruş, bir yol, bir hikâye, belki de acı dolu bir şiir. Kim sevdiği ile birlikte bir hikâyede rol almak istemez ki? Yakışıklı yazar hikâyedeki tüm güzellikleri toplar sevdiğine. Her çocuğun eline iki oyuncak yazar, vakitsiz ölmez babalar, Filistin sokaklarında çiçekler açar, seven adamlar yalan değil şiirler yazar, öyle güzeldir ki kadınlar sevdiklerinde şiir olurlar, yani hikâye baştan aşağı huzur dolar.

Peki, kim kafiyesi yanık kokan bir şiirin içinde ateşlere kor diye atar kendini? Ya nasibimiz neşeli bir hikâyede değil de cayır cayır bir şiirde bekliyorsa bizi? Kim varım der böyle bir sevdaya!

Bir zalim daha atılsın şu ateşe, biraz daha yükselsin alevler. Zarar bilmez yüreğinde Hak için sevmeleri taşıyan âşıklar. Bir Elhamdülillah mısraı yazarız inşirah iner hatırına, bir Elif kafiyesi ekleriz beşeriyet perdesi kalkar, bir şükür ile bitiririz şiirimizi, Hak gelir elimizden tutar. Hak gelir, Elif'imizle bize bir kavuşma yazar.

Öyleyse biz besmele çekip tevekkül edelim
inşallah diyelim, bir gün Hakk'ı bilen yüzlere tebessüm düşer...

Ve eğer bir gün hak edersek
belki bir gün bir yetimin duasıyla
Elif'ini seven adamların yüreğine de bir tebessüm düşer.

Kafiye = Reim
Musra = Halbvers / Zeile
beşeriyet = Menschheit

Sırılsıklam

İstediği kadar yağsın İstanbul'a
gözlerini gören benim
benim sırılsıklam...

İstediği kadar yağsın semadan
gözlerine düşen benim
benim sırılsıklam...

Üç Beş Kırıntı

Sen süslü cümlelerime bakma
bunlar

Uykunun kapımı aralamadığı gecelerde
hayallerimde demlenmiş buğulu gözlerle
kâğıda dökülmüş üç beş gözyaşı...

Sen asıl kâğıda dökülmemiş
adresi yüreğimde
kalemlerle değil, dualarımla, yeminlerimle yazılmış
hayallerimde mühürlü olanlara bak...

Öyle bekledik işte...
Geleceğinden mi sanki
sevdamızdan...

Hadi Sen İstanbul Kesil

İstanbul, müjdelerle dolu kutsal şehir. Dünyanın incisi, Fatih'in "Ya ben İstanbul'u alırım ya İstanbul beni" dediği ölümsüz aşkı. Sabah ezanıyla uyanan bir peri kızı gibidir İstanbul. Dışarıdan geleni büyüler, biraz ürkütür. İçeride olanı kendine tutkuyla bağlar.

Ne demiş şair:

Çünkü aşktır İstanbul.

Ve her aşk biraz da İstanbul'dur..."

Gelsen işte
terliklerinle gelsen
ne olduysa oldu.
Kıyamaz sana
eksik bütün hayallerim barışır seninle
tek bir nefesinle açılacak kapıların ardında sakladım onları...

Bıraktığın her anı sanki sen gelecekmişçesine
bekliyor yıllardır
her sabah uyandığımda
Boğaz tarafından araladığım camdan
birlikte kurduğumuz hayalleri getiriyor güneş.

Emirgân'da her esinti biraz da sen
sanki İstanbul kesilmiş sol yanım
yürüyorum eski sevdalara yakışan sokaklarda.
Hadi sen İstanbul kesil, ben sende yaşayayım...

Buruşuk Defter

Gel hadi
sensiz geceler sol yanıma yazılı
gel hadi her şey hazır
hayallerimiz ilk günkü gibi.

Geceleri bakışıp durduğum tek hatıran "yıldızlar"
aynı yerinde
birkaç şiir katıldı sadece aramıza
üzerine düşen yaşlardan yaprakları buruşmuş o defterde.

Dostu olmayanın sırdaşıdır defterler. Her tanışanın belki de en iyi dostudur defterler. insanlar konuşup içini dökeceği birilerini ister hayatlarında. Eğer yoksa yanında biri, o insanın hali pek haraptır. O durumdan tek kaçış ise bazen sadece yazmaktır. Derdini kaleme anlatmak ve kalemin de defterlerle konuşmasını sağlamaktır...

Yola tek başına çıkılmaz. İnsanın her adımında yanında bir dostu olmalıdır. Tökezlediğinde seni tutacak, düştüğünde seni kaldıracak. Dostluk çıkar üzerine kurulamaz. Şahsi hevesler üzerine de kurulamaz. Zaten dostluk öyle planlar üzerine kurabileceğin bir şey değildir. Ya dostsundur ya değil, ya arkanı emanet edebilirsin ya hayır. Dostluk tıpkı su gibidir, akar yolunu bir şekilde bulur. Yapmamız gereken akacak ve hayatımızı dolduracak o suyun önünü kişisel çıkarlar ve hırslarla kapatmamak olmalıdır. Bunu yapalım yeter, gerisini dostluk halleder...

Mevsimler

Ve sonra rüzgârlar biriktirirsin içinde
gönüllerin de mevsimi vardır
mesela en çok ekimde bakasın gelir gözlerine
en çok da temmuzda özlersin
ve hangi mevsimde sevdiğinin önemi olmaksızın
her yağmurda yazasın gelir sevdiğinin gözlerine...

"Özledin mi?" diyorlar bana.
Sana benzeyen her şiire sarılasım geliyor...

Kâğıttan bir gemi yapıp koydum masama. Üstüne de adını yazdım: Elif. Gemileri seyrederken Boğaz'da. Nefesimiz soğuk havada beyaz buhar olurdu. İsimlerini okurduk koca gemilerin. Her birinin isminden hikâyeler yaratırdık. En çok sevdiğimiz geminin ismiyse "Arayan"dı. Neyi arıyor diye saatlerce konuşmuştuk üzerinde. Bordo gövdesi geçen zamandan nasibini almıştı, ama o hâlâ arıyordu varmak istediği denizi. Belki mesele aramak değildi. Sadece suda olmaktı. Bir geminin kaderine en çok suda olmak yaraşırdı çünkü. Limana bağlanmış bir gemi esirdir, o tabiatını en güzel sınırsız denizlerde gösterir. O yüzden de dinmez onun arama iştahı, bitmez yolculuğu. Dünya döndükçe arayacaktır o, denizler dalgalandıkça. En son belki yaşlandığında atacaktır kendini bir limana, içinde hâlâ denizlerin özlemiyle "Yine de gördüm" diyebilecektir. "Şükür, yine de gördüm o denizleri."

Mühendis Severse

Ağaçların çok olduğu yerlere mi yağmur yağar
yoksa yağmurun yağdığı yerlerde mi çok ağaç olur
diye mühendis kafamla düşünürken
mecnun gönlüme yine sen geldin
gözlerinin güzelliğinden midir tüm bu yıldızlar?

Dünyanın En Güzel Harfi

Alfabemin en güzel harfi. Hayır, dünya alfabelerinin en güzel harfi. Bir harfin, bir hecenin ötesinde sevdiğim. Dokunmak şart mı sana, sevmek için veyahut görmek?

Görmeden sevmelere en büyük ispatımız Hakk'a olan aşkımız...

Bir tene ihtiyaç var mı sevmek için? Ya da bir bedene? Şu yağmur kokusuna şükrettiğimiz; dilsiz, kulaksız topraklar zikretmez mi Allah'ı? Seni sevmek için yağmuru sevmek yetmez mi?

Alfabemin en güzel harfi. Neyi sevdiysem sana benzemeye çalışıyor. Gözlerimden içeriye, gözlerinden başka bir şey girmiyor artık. Bir çöl mü gerek Kays gibi olmak için? Sensiz iken var mı farkı sanırsın İstanbul'un bir çölden? Can mı kaldı kelimelerimde susuzluktan? Güneş öyle yakın ki bir kum tanesi gibi çaresiz yanıyorum altında. Sensiz ise ne edeyim bir vahayı gerçek olsa bile?

Öyle güzel bir duruş Elif
tüm ömürlere maksat edebileceğin bir mana.

Sevdiğini arıyor insanlar, ayrılıyorlar. Ölen ölene, küsen küsene. İhanetler, aldatmalar. Sen ise her hecede ve kelimedesin. En güzel harfisin bu dünyanın. Bir delikanlı maksadının ötesinde öğretmenimsin, öğrendiğimsin, anlatanımsın ve yolumsun Rabb'e yürüdüğüm.

Sen Olmadığında

Sen yanımda olmayınca böyle yazasım geliyor sürekli
sonra durasım geliyor ufak nefes arası
sonra tekrar yazasım.
Birkaç damla düşesi geliyor kâğıda
sensiz şiirler ancak böyle tamamlanıyor.

Yazasım geliyor sensiz
bunlar olurken çay demlesen de getirsen diyorum
ben yazsam sen demlesen
demlense yürekler birlikte.

Sonra sen yoksun ki diyorum
içesim de kaçıyor, yazasım da...

Boğazım Kurudu Sensizlikten

Geldiğim yerlerde yağmura sevdalı bir çocuktum ben
ya da bir albatrostum büyük bir kayalıkta
denize yakın
güneş gören
dertli bir manzaraya yuva yapmış garip başına yaşayan...

Sadece bu kelimeler tanıdık geliyor bana
bugün benim doğum günüm
tam 18 senedir
burada
denizden uzak balkonu olmayan
sarmaşıksız
tam bir şehir evinde güneşe küs yaşıyorum...

Bu yüreğe hüzün geliyor geceleri
melekler geceleri uyuyamayanları kollarmış
ömürlük müptelasıyım geceleri uyuyamamaların
hepsi şahidim...

Geldiğim yerlerde suya benzetirdim seni
bugün
boğazım kurudu susuzluktan...

müptelası = süchtig

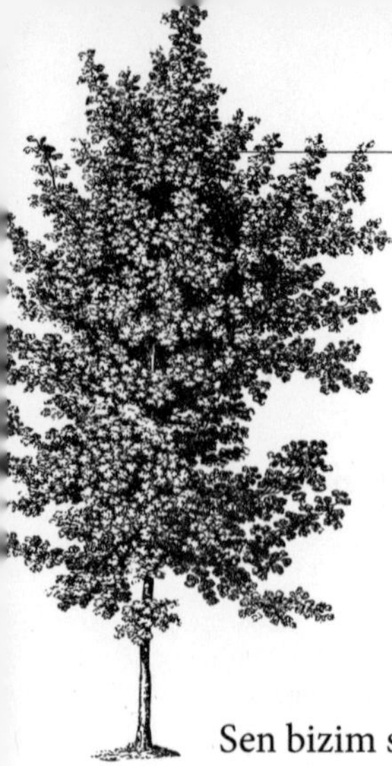

Çınar

Sen bizim sevdamızı dağda tek başına kalsa da
Elif gibi dimdik duran, yaşlı çınarlara sor!
Tek başına ve dimdik...

Her fırtına, rüzgârda dalları kırılsa da
gövdesinin asla kırılmayacağı
kökleri öyle derin Allah'tan olan o koca çınarlara...
İçimde o çınarlardan olan Elif ormanına...
Sevdama...

Esse de dünya hayatı, o sert rüzgârlar gibi yüreğime
kırılmadık yanım kalmasa da duruşum adın olurdu
Adından öte geçemediğim Elif...

Bir gece vakti bir ay eksikliği gökyüzünde
bir yârin eksikliği nahif bir çocuğun yüreğinde
çayım seni bekliyor karşısına
kaç tane daha şiir yazacağım böyle habersiz
kapı çalmasız çıkageleceğin?

Sensiz çay içemiyorum, içtiğimi sandıkça boğazım yanıyor.
Sensiz çay içemiyorum, Rabb'e yemin ettim bozamıyorum...

Sokakların Anlattığı

Sahi yağmurun da bir Elif'i olamaz mı?

Yorgun bir yazı gününü daha ardımda bırakıp varıyorum Eminönü'ne. Kirlenmiş duvarlarıyla tarihi binalar karşılıyor beni. Kaç yıldır ayakta durmaktan yorulmuş ama yılların ağırlığını da vakur bir şekilde taşıyan sessiz binalar... Sokaklarda karşıma çıkan tarihi kalıntıları selamlıyorum. Sanki binlerce yıldır değişmeyen şeyleri hatırlatıyorlar bana. Benim gibi nicesi geldi geçti bu yıkık duvarların yanından. Nice gönül ehli, nice âşık, nice derviş... Sanki birer hayalet olup takılıyorlar peşime, her biri kendi yaşantısını fısıldıyor kulaklarıma. Yırtık giysileriyle bir dilenci oluyor İstanbul, sokaklardan insan hikâyeleri dileniyor. Bozuk bir parayı fırlatır gibi düşüyor hikâyeler, her bir sokakta bir insan yüzüne takılıyorum. Bakıyorum yüzlerine, görmeye çalışıyorum derinlerini. Hepsinin gönlünde bir dert ateşi, sahi dertsiz insan var mı? Tarihi yıkık duvarları geçince önüme yüksek ve yeni yapılmış bir bina çıkıyor. İçinde modern dünyanın sıkkın insanları. Bağırmak istiyorum "Yanımda yürüyen dervişin hayaletiyle derdiniz aynı mı?" diye. Sahi ne arıyoruz bugün? Neyi kovalıyoruz? Tarihi duvarın kalıntıları bir asit yağmuru yemiş gibi erirken insanlık sağlam kalabiliyor mu? Eriyor şehir, eriyor insanlık... Belki yıkanmak için güzel bir bahar yağmuru gerek.

vakur=feierlich

Yağmur yağıyor

Yağmurdan kaçıp, evlerine saklananlar yüzünden yağmurun bir gün yağmayı bırakacağından öyle korkuyorum ki. Sahi bu kadar kişi kaçarken kendinden neden yağar ki?

Sevmeyi bilen üç beş adamın hatırına yağıyor belki

belki de bu sefer bize değildir yağışı, kendi sevdiğindendir...

Ayrı Ayrı Eriyen Sevdalar

Şükürler olsun seni bana yol yazıp, kendine meylettiren Rabb'ime. Seni bana uzak, beni sana uzak yazmışsa vardır bir hükmü. Yan yana olmak belki nefsi sokacaktı araya. O yüzden ne yazılmışsa bize de tevekkül boyutunda yaşamak düşer. Gelme sevgili, seni böyle sevmek, yalnızlık, kendine dönmek, kendini bilmek, Rabb'e yönelmek...

Bu sabah öyle güzel ki İstanbul
yanaklarından ak tomurcuklar uçuşuyor sanki.
Kıskanç şehir
ayrı ayrı değmeden düşüyorlar toprağa...

Bu sabah öyle güzel ki İstanbul
neredeyse senin kadar güzel diyecektim
pencereme nazır bembeyaz gelinlikli o kadına...

Bu sabah öyle biz gibi ki İstanbul
Elif'in dünyaya verdiği anlam gibi yağıyor kar gökten.
Bizim gibi birbirimize değmeden
bizim gibi ayrı ayrı eriyerek...

tevekkül = Ergebenheit
nazır =

Sol Yanım

Anlamaz işte...
Sen yüreğini ortaya serip, her şiirde hece etsen de!...
Sen seversin ama o...

O da sever
fakat bu sevmek başka
yokuşlarda nefesi tükenen, inişlerde kalan...

Beklentiler aşka karışınca acıtır be evlat...
Çünkü asla beklediğinle karşına çıkan aynı olmaz
bu yüzden sevme demem ama seveceksen de
sol yanını ve beklentilerini koy bir kenara, acıyı sevmeye bak.

Ve asla harama bulaşma
unutma haramdan kaçındığın için asla pişman olmayacaksın.
Ve hiçbir haram sevda otobüsü seni helal bi
geleceğe götürmeyecek.

Aşk en tertemiz ve en saf duygudur. Aşkın saflığı dildeki sözcüklere anlatılabilecek bir şey değildir. Allah'ın yarattığı en büyük mucizedir. Çünkü Aşk biraz da O'nun bizdeki bir yansımasıdır. Bu yüzdendir böylesi saf ve tertemiz bir duygunun yanına haram asla yakışmaz. Haram insanın hayatındaki her güzelliği kirletir. Aşka değerse, onu da kirletir. Rızka değerse rızkı kirletir. Bunların en nihayetinde kaçınılmaz olanı felakete önayak olur ve kalbi kirletir. Her şeyin en güzeli ve özeli helal olanıdır. Bu yüzden bize düşen Elif gibi dimdik doğru olup her şeyi Rabb'imizin rızası sınırları içerisinde yaşayıp haddi aşanlardan olmamaktır. Ne mutlu haddi aşmayıp kendilerini kirletmeyenlere...

Geçit

Bir insan başka bir insanı gözlerinden sevmeye başlar.
Gözler kalbe açılan bir geçidin ilk durağıdır.
Sonrası iyilik, güzellik ve aşk...
Aramızdaki mesafeye şiirlerimden bir geçit kurayım
"Geleceğim" diye ses etsen yeter!
Şiir yazmıyorum aslında ben!
Sana ulaşmanın, kavuşmanın ihtimalini yazıyorum.

Bir gün okursun, bir gün gel dersin diye
harf harf geçitler inşa ediyorum.
Her harfi Elif gibi dimdik tutarak
dualarımı kâğıda değdirerek bir gün geleceğin
bu dünyada olmasa bile ahirette kavuşturacak
yolumuzu yazıyorum!

Sevdası yol olan adamın kurduğu şiir geçitleri
güzelle başlar ve en güzele gider.

Belki çok daha iyi şiirler yazılacak ama
kimse benim gibi Elif'i anlatamayacak
çünkü kimse Elif'i, benim gibi sevemeyecek.

Yeni Hatıralar

Radyolar sanki elini tuttuğum tüm şarkıları çalmaya yeminli
ne zaman açsam biz çalıyoruz bilindik anılar müziğiyle...

Radyolara eyvallah da
ilk kez okuduğum kitabın sayfasını çevirirken
yüzüme vuran esinti bile seni hatırlatıyor
anıları geçtim ben, yeni her şeyde sen varsın...

Radyoda dinlediğin bir şarkı geçmişe götürür seni, dalar gidersin uzaklara. Kitaplara kapanırsın, şarkılarda boğulursun. Ama ne yaparsan yap kendini bir türlü bulamazsın. Baktın olmuyor en doğrusunu yapar ve derdi de şifasını da veren Allah'a sığınırsın...

Martılar Yeşil Gözlü mü Olur?

Kökü toprakta kara bir böğürtlen dalı olabilirim
yeşil gözlü martılara bakmak da mı suç?

Böyle bir baktı sadece.
Deniz kenarında
–ki sevdiğini özlediğinden daha bir yakın o gün–
kızgın güneşin altında ayaklarımı yakan taşlara
soğuk köpüklü bir dalga geldi sanki...
Bütün telaşımın, bütün dünyamın
bütün işimin, gücümün, derdimin rengi değişti
yeşillerin en güzeline döndü.

Böyle başka bir yeşil baktı bu sefer
sanki yeşil değil, koca bir dünya bakıyordu
sanki bütün dünyanın güzelliği bir yüz olmuş
bana bakıyordu...

Sanki bir hal anlatıyordu
gelecekteki güzel günleri anlatıyordu sanki
baktıkça kurduğun hayalleri sevesin geliyordu.
Sanki bir sevdayı anlatıyordu
baktıkça daha daha bir mucizelere inanıyordun...

Bir yerden sonra anlatmayı da geçiyordu artık
bir yerden sonra o oluyordun.
Sadece dönesin geliyordu bir yerden sonra...
Hissettiklerine mana geliyordu
gözlere buğu, boğaza düğüm
bir mucize oluyordu sana bakmak...

Hani Hallac'ın yolu var ya Hak'ta yok oldu
Terk'te makam sahibi İbrahim Ethem'in yolu hani
Şems'in yolu, başını Aşk için verdiği...

Kökü toprakta kara bir böğürtlen dalı olabilirim
belki bir rastlantı belki tevafuk
yeşil bir yola girmek de mi suç?

Baktıkça yolun yeşeriyordu...
Baktıkça seviyordun...
Baktıkça ölüyordun...
Baktıkça ölüm yeşeriyordu...

Sevda Özeti Tek Harftir

Bilir misin sevdiğim?

Yüreğimin saklısısın. Bir o kadar da aşikârı...

Ruhumun ve sol yanımın dengine karşılık kelime arıyorum, bulamıyorum.

Sonra Elif diyorum, çözülüyor dilimin bağı.

Kâğıda dökülüyor heybemde sana saklı kelimeler.

Elif diyorum, sevmelerin en güzeli.

Sevgililerin en güzel ismi.

Duruşu aşka mana, hecesi aşka ispat olan.

Ne kadar yazsam doyamadığımsın

ne güzel de yüreğimden özet geçiyor bu harf...

“Elif”

Aşkın farklı harflerle yazılışı...

İstavrit

Seni ne kadar özlediğimi anlatmamı isteme benden

Galata'da emekli balıkçıların ucuz oltalarına takılan istavritlerin çırpınışı varken...

Nasıl da son soluğunu alırken yanar canın, ölümün geldiğini hissedersin. Can diye çırpınışlar var ya. Sessizce saran, içimde sen diye çırpınışlarımın halidir. Hele ki çöle âşık bir balık, ateşe âşık su, pervaneye âşık kelebek ve daha nice sevda hikâyeleri.

Gözlerinizin önünde yanıyor bir çocuk, hani bu sevdanın tanımı nerede?

Özlemek ölmeye eşdeğerdi ve belki de ötesinde.

Başını feda edemeyen özlemeler kurudu gitti.

Solun solumun hizasına yaklaşmayacaksa ne yapayım ben bu canı? Lazım değil.

Özlemek insan olmanın hasletlerindendir.

İnsan özleyemiyorsa hiçbir şeyi anlamıyordur.

Ne hayatı, ne aşkı, ne de kendini...

istavrit = Holzmakrele
haslet = Tugend

Sevda Çınarı

İnsan her sevda acısında dökermiş günahlarını
yıllarca, binlerce şehirde alamayacağın eğitimi
tek bir aşk hali verirmiş insana.
Bizim ispatımız Ferhat'ın dağları değil
gündüz ve gecemizde, yağmur ve yâr kokulu anılarımızda
küçük bir çocuk bedenine sıkışmış
o koca yürekli dertli, yaşlı adamda.
Kimsenin görmediği bilmediği yüreğimizdeki o fırtınalarda
sevdiğimizin bir ahına çakıltaşına dönen
gönüldeki o köklü dağlarda.

Yâr
bizim sevdamızı bir de kül olan
o koca ormanda Elif gibi dimdik duran
nasibine, tek hecesine sevdalı
gözleri hasretten kabuk bağlamış o çınarlara sor...

Dallara takılan bir uçurtma gibidir insanın yüreği. Koca çınar ağacının dallarına takılır gibi gider de bir sevdaya takılır. Sonrasında hiçbir rüzgâr, hiçbir fırtına onu oradan indiremez.

İncir Reçeli

Ağlayabilmeli insan.
Çünkü ağlamak bir şehirden başka bir şehre giden
yağmur bulutları gibi.
İnsan uzakta olan sevdiğine gözyaşları dökerken
ettiği dualarla ulaşır.
Bu yüzdendir belki de ağlayamayan insanların sevgilerinin
hep eksik olması...
En suçsuzu da olsan bu şehrin
yüz kızartacak kadar güneşli bir günde
özgürlük kokan
Bağdat Caddesi'nde yürüyen insanlarıyla.

Ve koşarken çocuklar belli belirsiz hep aynı sokaklarda
yüzlerinde bir umut, bu eski şehirden kalma.

Birbirinden uzak iki dev bile aşka gelmişken Boğaziçi'nde
bir incir reçelinin bile hikâyesinin olduğu bir günde.

Yapılacak en son şeyin ağlamak olduğu bir günde yani
salya sümük gözyaşım olmuştun.

Biz Olacaksak Eğer

Dünyanın en güzel şiirlerini yazarım ben
şerhinde vücut bulup nasibim olacaksan eğer...
Yarım dünyalık da bize yeter
seninle tam bir sevdaya murat olunacaksak eğer...

Dünyanın en güzel şiirlerini yazarım ben
şerhi sende vücut bulacaksa eğer.
Yarım adam olmaya da razıyım ben
ayrı iki yarımdan bir tam olacaksak eğer.

şerhinde = Erläuterung

Sen Hali

Yine özleminle baş edemeyip, dolaşmayı sevdiğim eski sokak aralarında buluyorum kendimi; çünkü bu sokaklar içimin biraz da sen hali...

Eski sokak araları, sevdanın rengini bıraktığı, yıprattığı hüzünbaz evler... Her biri ayrı bir sevda kesiliyor gözüme. Bir de yağmurun bıraktığı "sen kokusu" işledikçe iliklerime ne bir adım öteye gidiyor senden hayallerim ne de geriye. Mıh gibi aklımda adın. Hafiften rüzgârın yapraklarla dansı eşlik ediyor içimin şiir yanlarına. Başlıyor koca sokak Elif şarkısı olmaya. Bense oturup saatlerce paslanmış bir demir bankta seni dinliyorum içimde bir hayal ürünü eski plaktan. Öylece...

Sesi kulakla duyulmayan, yürekte çınlayan sadece benim olan "bir Elif şarkısını"...

Ve tebessüm ediyorum sadece geceler uyumak için var diyenlere...

Sana o kadar benziyor ki
Boğaz'a yakın gecelerde kaldığım zaman
hele ki yağmur varsa sokaklarda
kıyamıyorum geçen zamana
uyuyamıyorum
daha çok seveyim diye seni...

Mıh = Nagel
tebessüm = lächeln

Okumadığımız Kitaplardaki Adamlar

"Sen benim yazmadığım şiirim...", "Okumadığım şarkımsın...", "Ben senin yüreğini sevdim...", "Sana bakınca seni değil, bir kanatsız melek görüyorum...", "Sen benim canımsın, ötemsin, yarımsın..."

Ne kadar tanıdık geliyor, değil mi? Çok değil, biraz güzeli gelse unutacağımız insanlara, hiç okumadığımız yazarlardan alıntılar yapıyoruz. Anonim sözleri bulunca da altına Hz. Mevlana yazıp arkamızı sağlama alıyoruz.

Bizi, O'nu, tevafuku, bakmayı, görmeyi, sevmeyi, konuşmayı yaratanı konunun dışında tutuyoruz. Kopyanın serbest olduğu bir sınavda en sevgilinin yüzyıllar önce bize attığı sınav cevaplarından bihaber yaşıyor ama sevgilinin "Ne yapıyorsun aşkım?" diye attığı kısa mesajı anında okuyup cevaplıyoruz...

İlginçtir ki öyle güzel sözler söylediğimiz kişi ile ilişki bittiğinde, hakkım haram zıkkım olsunlar, Allah belanı versinler, sosyal hesaplardan laf sokmalar havada uçuşuyor.

Sonra soruyoruz, bu can neden yanıyor? Yanar kardeşim. Keyif için seni sevenin keyfi gidince sevesi de gider. Çıkar için seni sevenin işi bitince sevgisi de biter. Güzelliğin ve paran için seni sevenin yüzüne sivilce gelince, malına da kıvılcım gelince sevesi gider.

Muhabbet bir kıssanın kapısını aralıyor, şu adama ne kadar da benziyor halimiz:

Zamanında güzel bir kadın sahraya çıktığı bir zaman, yol üzerindeyken bir kimse ile karşılaşır. O kimse kadına tamah ile bakmaya başlayınca, kadın, "Ey kişi, niçin bana öyle bakarsın?" diye sorar.

"Ey kadın, senin muhabbetin canıma tesir etti ve âşık oldum. Onun için bakıyorum. Her baktığımda sende Allah'ı görürüm..." diye cevap verir adam.

"Ey kişi, benim bir kız kardeşim vardır ve arkamdan geliyor. O daha güzeldir."

O kimse de kardeşini göreyim diye arkasına doğru bakınca, kadın o kimsenin yüzüne ansızın bir tokat indirir ve "Behey yalancı herif! Sana muhabbet davası etmek ne kadar uzak. Seni görünce arif zannettim. Yanıma geldin, âşık zannettim. Şimdi ise tecrübe ettim ve gördüm ki, ne âşık ne de arifsin. Aynı zamanda da muhabbet davasında yalancısın. Eğer muhabbet davasında sadık olsaydın, benden başkasına iltifat etmezdin..." der.

Yüreği deyip parasına baktığın
Bazen de işine gelince bıraktığın aşklar
Daha çok canını yakarlar kardeşim, çok...
Seviyorum diyorsun ama şartlara bağlı.
Kaşı gözü daha güzeli gelinceye kadar.
Daha zengini, daha makamlısı gelinceye kadar.
Bazen de işimize gelinceye kadar.

tamah = Habgier
tesir = Eindruck
arif = klug, gebildet

Korku

Benden uzak yanın bile dünyanın en güzel şiirlerini yazdırırken bana, ister istemez korkuyor insan kavuşamamaktan...

"Kavuşamamaktan" derken bile nefesimin kesilmesine engel olamıyorum. Tekliyor kalbim. Bu ihtimal yüzünden dünyanın tüm sözlüklerindeki "kavuşamama" kelimesini kaldırmak istiyorum. Ah, ne acı kelime! Yavaş yavaş içime içime sızan ölüm zehri sanki. Korkuyorum işte, hem de çok...

Kalıbıma bakıldığında hiçbir şeyden korkusu olmayan bir adam sanabilirler ama bilseler... Özellikle vaktin siyaha örtündüğü vakitlerde, özlemenin en ağır olduğu ıslak gecelerde, yüreğime düşen şimşekler yüzünden çocuk gibi ağlayıp annemin yanına koşmak istediğimi...

Her duamda adın geçer yâr, bu dünya yazgısında bana yazılmamandan korkuyorum. Bu yüzdendir biraz daha kısık gözlerle bakmam hayata. Ne sensiz bu dünya gözüme görünsün ne de sensiz gözüme bir ömür bürünsün. Hayallerimiz şimdi olmazsa hak edersek ahirete be sevdiğim, el ele...

Toprağa Düşen Damlalar

Her yağmurlu gecede
toprağa düşen damlalar sayıklayacak
yağmurlu bir gecede yazdığım o şiirleri...

Bunu bile bile gidiyorsun öyle mi?...

Kül olmuş heceler bırakarak.
Bir parça ses
bir parça renk
bütünüyle sen olmuş bir ruh bırakarak...

Ve yüreğime kastedip gidiyorsun öyle mi?

Gök ağlamaz mı şimdi?
Yazdığım o şiirler üzerimi toprak olup örtmez mi?

Ya yağmur?
Toprağa düşen her damla Elif Elif diye sayıklar!

Kırmızı Körüklü Otobüs

Öyle ihtimaller denedim ki sana
bir keresinde bütün paramı o eski kırmızı körüklü otobüslerde
günlerce sensiz İstanbul'u gezmeye vermiştim.
Dünyadaki bütün teyzelere yer vermek için
dünyadaki bütün teyzelerden
"Allah sevdiğine kavuştursun yavrum" duası alabilmek için...

Sevdiğim
sen gözlerine sürme çektiğin vakitlerde
ben boğazı düğümlü bir şiir yaşıyordum...

Bakışların

Ve her şeyi biraz da şiirleştiren o bakışların...

Kalemi alsam elime, değdirsem kâğıda
bir adını yazsam Elif diye
ömrümün en güzel şiiri olur!

Elif diye yazılır; cana nefes, kalbe şifa, ruha yol diye okunur...

Gözlerinden sonra her şey şiir oluyor
ben zaten artık şiir yaşıyorum!...

İnsan kendinden geçiyor da bir aşktan geçemiyor. Zaten aşk biraz O olma halidir. Biraz da O'ndan olma hali. Kendinden geçmeden aşk, kendinden geçemeden âşık olunmaz...

Elif Gibi Sevdik

Sonra yandık on yıllık bir sevda ateşinde
ne eller kalem tutar oldu ne gözler kurur
boğazdaki düğüm kilitledi nefesimizi, şiirler durdu
en son, Elif gibi sevdik dedik, kitap oldu...

Elif gibi sevmeyi öğrenebilmeli insan. Temiz, dürüst, dosdoğru. Aşk eğriliği sevmez, eğer ki içinde eğrilik olursa zaten o aşk olmaz. Elif gibi dimdik durabilmeli insanın yüreği. Karşısındaki yüreği de güzelleştirmeli duruşuyla. Elif gibi dosdoğru, hep daima...

Kuzineli Soba

Çocukluğumda öğrendim ben sevdayı. Henüz küçücüktüm, aklım basmıyordu belki birçok şeye ancak yüreğim yetiyordu birçok şeyi anlamaya. Büyüdüm değişen bir şey olmadı, hâlâ biraz çocuk ve çokça sevdalıyım...

Ben hariç bizim köyde bütün çocukların
elinde bir yanık izi vardır
merdiven altı kuzineli sobalardan kalma...
Bizim sobamız büyükçeydi
ve radyolu odanın ortasındaydı öylece.

Akşamları odada dedikodu yapan köy kadınlarına aldırmadan
cayır cayır yanardı köyün sevdalı uşakları gibi...
Uslu çocukmuşum ben
sağda solda konuşulan sevdalıklarımız olmamış hiç
bizim köyde elinde yanık izi olmayan bir ben varmışım...

Sonra daha çok küçükken büyükşehre gelmişiz
ne işimiz varsa petek dolu evlerde, bilemedim.
Ne dalga sesi duyabildik geceleri balkonumuzda
ne ayağımız bastı toprağa
ne de kahvaltıya domates toplayacağımız bir bahçemiz oldu.
Böyle hayat mı olur diyeceksiniz, olmuş işte...
Sinmişiz koca şehrin bir köşesine, usulca yaşamışız...

Sonra yeşil gözlü bir martı gördüm bu karanlık şehirde
anladım çocukluğumun niye usulca ve yanıksız geçtiğini
meğer elimin temizliği yüreğimin yanışını beklemesindenmiş.
Çocukluk değil, sevdalık yaşamayı beklemişim...
Kuzineli sobada elimi yakmayı değil
yeşil gözlü bir martıda hiç olmayı beklemişim.

Bir çift göz kuzineli sobada unutulmuş kestanelere
çevirdi bu yüreği.
Sevdalık geldi bana anne
kuzinesinde sağı solu yanık kestane tadında.
Elektriksiz altı saman dolu bir yayla evinde
köyün horozuyla sabah ezanına uyanma tadında
koca şehrin ortasında kuzineli bir soba tadında bir sevdalık...

O Çocuk Seni Seviyor

Sadece durası geliyor adamın
sadece batası geliyor güneşin
hani elden gelse ne o doğacak ne ben.
Durası geliyor zamanın
inip ışıktan yanıma gelesi geliyor.
Iraklardan görüp sönesi geliyor yıldızların.
Bitesi geliyor havanın ciğerime doldukça
donası geliyor suyun kanıma girdikçe.
Bütün evrenin kara delikler oluşacak kadar
bağırarak söyleyesi geliyor benimle birlikte
boğazımdaki düğümün arkasına sinmiş o sözü.
Ve tüm bunlardan sonra
ruhumun bedenimden çıkıp diyesi geliyor:
Bu çocuk seni seviyor!

O çocuk seni seviyor. Hâlâ dün gibi aynı heyecanla ve aynı saf duygularla. O çocuk seni seviyor, kendinden çok ve her şeyden daha fazla...

***Not:** Bu şiir, yazarın çocukken sevdasını yüreğine sığdıramayıp kâğıda döktüğü ilk şiirdir...*

Küçükken Belliymiş Benim Adamlığım

Küçükken belliymiş benim adamlığım.
İlkokul öğretmenimizin verdiği fişleri toplar eve getirirmişim
okumayı sökünce de kesip kesip
ilk yeminimi seni sevmeye etmişim...

Küçükken belliymiş benim adamlığım.
Geceleri seni düşünmekten ezberleyemediğim duaları
sabah beni okula götüren babamın eline uzanmış
yolda ezberler
öğlen de yarım gün oruç tutan akranlarım çorbasını içerken
niyetlenirdim gözlerine bakmaya.

Küçükken belliymiş benim adamlığım.
Yaşıtlarım yarım gün oruç tutardı o zamanlar
onların oruç kaçamaklarında başladım sana şiir yazmaya
yıllar oldu, anladım kafiye falan hikâye
hiçbir şiir seni geri getirmeyecek
ama bütün şiirler sana gelecek her satır ve sayfada...

Önden kara cepli önlük giyerdin
sen ebeyken ben saklanmazdım
öyle adamdım ben küçükken
bayram harçlıklarımla sana toka aldığımı hatırlıyorum
ve en fazla dizine gelirdim koca adamların.
En fazla dizine geldiğim koca adamlar
seni sevdiğim kadar hiçbir şeyi sevmemişti.

Küçükken belliymiş benim adamlığım.
Yaşıtlarımın yarım gün oruç tuttuğu günlerde
yazmıştım sana ilk şiirimi...

Gözlerin, gözlerime kenetlendi. Zaman denilen anlamsız anlam kazanmaya başladı. Yüreğimdeki kalabalıkların içerisinde can çekişen yalnızlığımı ellerinle söküp attın. Sayende hayata yeniden inanmaya başladım.

Bize Sevdiğimizi Kim Verecek?

"Sen benim hayatımın anlamısın."

Ne çok duyuyoruz, değil mi?

Ne hayat anlamları geçti hayatımızdan. Birkaç ayda bir değişen hayat anlamlarımız oldu.

Gelene hayatımız dedik, derdimiz oldu.

Bakana ömrümüz dedik, çilemiz oldu.

Hayatımızın anlamı değişti durdu.

Ne çabuk değiştiriyoruz yönümüzü... Hoşlanmanın diğer anlamı, "Sana hayatımın anlamı demeye hazırım..." oluyor. Hayatımızın anlamını birinde kaybetmiş gibi yine birinde aradık durduk.

Belki bundan hiçbir anlama sahip olamadık. Hayatın anlamını insanlarda harcadık. Aşka düşmeden anlam aradık insanlarda. Deneye deneye bulmaya çalıştık hayatın anlamını. Böyle olunca da anlam bize gelmeyi bıraktı. Anlamsız boş boş kaldık ortada. Bu gidişle de gelmeyecek sanırım.

Hayatın anlamı, yine hayatına anlam arayan birisi olabilir mi?

Bilmeyen, bildirebilir mi? Mantıklı mı? Hayatımızın anlamı, ancak bize o anlamı anlatabilecek biri olabilir.

Tek başına Ayşe bir şey ifade etmez. Ayşe ile muhabbet etmek anlam ifade eder. Tabii muhabbetlerin en güzeli sonu Hakk'a çıkan bir muhabbet anlam ifade edebilir.

Kendi başına, başlı başına anlam olan bir şeyler lazım bize.
Bir yol lazım bize
Bir gidişi, bir sevişi, bir tövbeyle açılacak kapısı olmalı...
Bir yol olmalı baştan aşağı anlam kesilmiş.
O mana yolunda yürümeliyiz.
Yorulmayacağımız
Sıkılmayacağımız
Yürüdükçe anlama kavuşacağımız bir yol...

Belki de o yola girmemizi bekliyordur
Hayatımızın anlamını bize verecektir
Güle rengini verdiği gibi bize de sevdiğimizi verecektir...

Gözlerim Sımsıkı Açık

Sanırım özlemek ilk kez bende geçti yerleşik hayata
hem de devir sanal göçebe duyguların devriyken.

Gündüzlere alışamadım, vefasızlar sanki
gözlerim sımsıkı açık, onlar yine de gidiyor.

Hayat beni sahiplenmeye çalışıyor
yalnızlıkla karşılık veriyorum.

Adımlarımı kısaltmaya çalışıyorum artık.
Hareket bana korku veriyor
senden uzaklaşacağım aklıma geliyor hep.
Dünyanın en güzel yerine gider misin deseler
soracağım ilk şey "sana yakınlığı" olurdu herhalde.

sanal= imaginär, virtuell

Doğayı sevdim ben, doğmayı bir de. Peki ölmeyi neden sevdin dediler, ölmek çemberi yeniden başlatmak değil midir dedim. Ölmeyi de doğmayı da ayırmadan sevdim. En çok aşkı sevdim ama. Başıyla sonuyla tam bir çember.

İçimden, çıplak ayakla toprağa basmak gelirken
reklamlarda gördüğüm pabuçlarla betonlarda yürüyorum.
Allah'tan uzaklaşmam için çevremdeki her şey son sürat
O'na yakınlaşmam için ise biraz tefekkür yeter.

Seni her gördüğümde başkalaşıyorum. Bütün cümleler anlamını yitiriyor, gündüz geceye kurban oluyor. Ben seni görüyorum, bütün doğa olayları senin yanında etkisiz kalıyor...

Oysaki sen çok iyi biliyorsun! Sen bir kere gözlerime tebessüm etsen, gözlerim gözlerimden hayata tutunacak...

tefekkür = Nachdenken, Meditation

Eksik Yanım

Dokunduğu yerden yakıyor kelimeler önce yüreğimi
sonra dilimi!
Nasıl bir tezat ki...
Hem sevmek hem ölmek aynı şey olabiliyor?
Gitmek kalmakla nasıl buluşabilir ki?

Artık bilmekten de geçiyorum bazen
sadece nefes alıyorum ama öylesine...
Şuur denen şey bazen kayıplarda...

Bir geceler anlıyor halimi
aklım bir orada eriyor huzura.
Orada ıslatıyorum kâğıtları
gözlerimden dökülüyor kâğıda sessiz kelamlar.

Bir esinti her vakitten sonra
biliyorum ki âşıklara dokunmak gereksiz
duan eksik olan sol yanıma düşüyor!

tesat = Gegensatz
şuur = Bewusstsein

İstesem de gelemem sana. Senin bana gelemediğin gibi! Biz birbirimize benziyoruz. Gözyaşlarımız aynı, gözlerimiz aynı. Kaderimiz aynı. Aynı yağmurun altında sırılsıklam ıslanmamızın pek fazla bir önemi yok aslında. Hayatımız çok benzer ama biz başka dünyalara aitmişiz.

Kayboluyorum

Seninle derinleşirken ben kayboluyorum içimde.
Kelimelerden köprüler kuruyorum şehrine.
Sol yanımdan sol yanına bir sevda inşası
canımdan nefeslerle.
Adını tekrar ediyorum
tekrar tekrar sayıklıyorum.
Sesime yakışan en güzel kelimesin.
Her şiirim sana bir adım daha kavuşma ihtimali...
Sonra soluma dokunuyorum
sızım oluyor.
"Sen" sızımı da seviyorum...
Aşktan gelen, aşka gider biliyorum.
Yazdıklarım şimdi kül hece
yürek yangınlarından dilin ucuna düşen.
Seninle derinleşirken ben kayboluyorum içimde.
Candan geçip canına soluk arıyorum...
Duam bu ya:
Bu dünyada vuslat nasip olamasa bile
ahiretime yazılasın istiyorum...

Kayboluyorum, yürüdüğüm yollar sana çıkmıyor. Seni aradıkça kendimden uzaklaşıyorum. Kendimden uzaklaştıkça seni daha da çok özlüyorum. Bir insan bir insanı nasıl böyle bir bağlılıkla sevebilir ki, bunun cevabı bende yok. Kaybolmaktan yoruldum artık. Girdiğim her sokağın çıkmaz olmasından, sana çıkacak bir sokak bulamamaktan sıkıldım. Çık artık karşıma sensiz her ihtimalimi kaybediyorum.

Seni Unutmak

Ne çok yaşamak telaşı vardı. Hiçbir zaman bu telaşa alışamadım. Belki bilinçli olarak alışmak istemedim. Bu dünya gözüme hep hüznün bir perdesi gibi göründü. Sanki sonunu gören birisi kadar eminim ki bir gün perdeler kalkacak. Küçük kardeşim, büyük ağabeyim, yemin ederim ki bir gün bu perdeler kalkacak. Zerre kadar adam saydıysanız beni bana güvenin bu perdeler kalkacak. Ve bu dünyadan sıyrılmanın en büyük imtihan olduğunu anlayacağız.

Herkesin ayrı bir derdi var işte. Adam derdidir derler. Neyi dert edindiyseniz kaderiniz de o şekilde yazılmıştır. Benimse aşina olduğum bir Elif yalnızlığım vardı. Kavuşamaması bile ayrı bir sevdaydı. Nakış nakış işlendi temiz yüreklere. Benim için, yüzüme tebessüm için gel demiyorum uzaktan da olsa bir oku bu sevdayı.

Seni unutmaya çalışmak
en fazla
sana benzeyen bir şiir okuyana kadar...

Demli Çay

Uykularım bölük pörçük!

Uyuyasım bile yok senin yokluğunun ömrüme işlediği saatlerden beri. Geceler ıslak satırlarımın arasına gizlenen hayalinle dolu. Dua edebiliyorum ancak her cümlemin sonunda kâh yazarak kâh sessizce susarak...

Kalem elimde nokta nokta koyarım. Manasız da olsa elimin değdiği her yazıda isminin ırağında kalamıyorum.

Bazen sırf seni rüyamda bir kez daha görürüm diye uyuyorum. Gözlerimi öyle sıkı kapatıyorum ki, açılır da seni göremezsem diye. Bu ihtimal bile uyumadan kâbus gördürüyor. Kaç geceler o en çok sevdiğim, demli ve şekersiz çayı bile içmiyorum, o da senden yadigârken...

Sevdiğin olmadan yediğin yemeğin, içtiğin çayın bir önemi olur mu? Hani vuslata sayılı saatler kalsa rüya gibi gelir ya, rüya gibi gelsen. Uykumu ömrümü paylaşsan.

Ömrümü ömrüne katsan...

Demli çayım, senli yanım olsa...

Şiirler vuslatımızla son bulsa...

yadigâr = Erinnerung Andenken

Şarkı

Bazen gerçekten sevdiğinizin yolundan gitmenin bedeli onun dışında kalan herkesi kaybetmek olur. Yalnız kalırız ama o öyle yanımızdadır ki onsuz da olsak kalabalıkta ve huzurlu hissederiz. Bazen sevdaya bizim gibi bakamaz ve gösterdiğimiz sevgiyi kaldıramaz ise bir gün gider. Yalnızlık dediğimiz şey o zaman başlar. Bir sevda yalnızlığı olarak tanımlarız bunu.

Oysaki seven gider mi? Belki. Bakarsın Allah'ın bizim için daha iyi planları vardır. Başka ve uzak bir şehirde bizimle aynı anda aynı şarkıyı dinleyen onun için saklıyordur yüreğimizi başkalarına. Belki de bazı gidişler bundandır hayrınadır, bilemediğin güzel günlerin başlangıcıdır.

Sevdiğin renkleri biliyorum
sevdiğin şarkıları da.
Sevda nedir?
Sevda, senin sevdiğin bir şarkıyı dinlerken
senin de o şarkıyı dinliyor olma ihtimaline bağlanmaktır...

Şarkılarda özlem giderir bazıları. Şarkılara sığınırlar, odayı dolduran sesten öte bir şeydir dinlenilen şarkılar. Bambaşka boyuta taşır insanı. Dinledikçe kendinden uzaklaşır sevdiğine yakınlaşır insan. Şarkılardan buluşur sevenler, şarkılarda özlem giderirler...

Ben Özledim Galiba Seni

Geceler öyle aynı gibi ki o limandaki temmuzla
sanki her kayanın arkasında sen.
Her şehir, her yol ve her tebessüm sen
doğru şey için yapılmış, yanlış denizde yüzen
ne idiğü belirsiz avare bir kayık gibiyim...

Bu hapis hayattan firar seyahatlerinde bile kafese
kilitli bir kuştum.
Derin bir özgürlük ve koca bir çelişki
özgürlüğe giden bu yolda sensiz kalmak gibi aynı.

Ne zaman bitecek bu yol
ve özgürlük esecek artık dışarıda
üşümem korkma, senin olduğun her yer zaten ılık.

Bir şarkımız yoktu hani, birlikte söylemediğimiz
işte onu bile çok özledim.
Yokluk özlenir mi, yapmadıklarımızı bile özledim.

avare = faulenzend
firar = Flucht

Çelişki = Widerspruch

Gelecek, geçmiş birbirine girdi bu kafada
en son ne zaman ağladın desen, az sonra diyeceğim
ama seni hep sevdim ben...

Bahçesindeki çiçekten habersiz insanlar
7 senelik kokun burnumda 8'e yelkenli.

"Olmayan bir sevgiliyi inatla beklemek; utandırmaktır aşkı"
derler. Varmak için yürümüyorum ki zaten.

Geçende, komşunun oğlu bir soru getirdi.
Hani küçücük çocuğa Hasan ismi verilir mi diye güldüğümüz.
Çiçekleri ayakta ne tutarmış diyor
kohezyon... ve birden aklıma geldin
aşk yaz dedim, aşk tutar ayakta.
İnsanlar, seni sevdiğim kadar Allah'ı sevemiyorlar.

Ayırt edemiyorum artık gerçeği
biliyor muyum cevapları, yoksa onlar da soru mu aslında
çok korkuyorum senden uzak bu yol hiç bitmezse diye.
Özgürlük esmezse diye dışarıda.
Senin olmadığın her yer soğuk.

yelken= Segel

Yalnız Adam

Öyle evini falan sevme, pek eşya da alma yani içine, olabildiğince boş olsun. Hareket iz bırakır, iz bağlılıktır. Ama küsme de aynı zamanda evine, reklamın kötüsü olur. Hücresi olmayan hiçbir şeye bağlanma, hücresi olanları ise sev. İnsanlar hücrelerin ruhları olduğuna inanır, sen de inan. Bir üst geçitten geçerken, nasıl üstte olduğun aklına geliyorsa, her gördüğün insanda da Allah aklına gelsin. Neden sorusunu sor hep. "Neden neden sorusunu soruyorum hep?" sorusuna bile gelsin sıra bir gün.

İnsan olmak nedir peki?

Çok okuman gereken kısa bir not: *Burada yazılanlar denizlerde yaşar, yüzme biliyorsan hiç başlama okumaya!*

Zamansız yaşadığını hissettin mi? Mesela Amerika'yı görmeden, Amerika'nın varlığına inandığın kadar; Allah'ı görmeyip, O'nun varlığına inanabiliyor musun? Yoksa gördün mü? İnanmak yaratılışın en merkezindedir, aşk sende olmasaydı olmazdın sen de. Paraya tapmadığını paraya tapan birine nasıl ispatlarsın? "Nesin sen?" sorusuna cevap bulamadan ölmeye niyetin var mı? Gerçekten öleceksen ispatlayabilir misin bunu, bugün yaptıklarınla? Bugün ölmek için ne yaptın mesela?

Tamam, sessiz kal ve bir şeyler bilmediğini kabul et. Eğer hakkını veremiyorsan, ben Allah'a inanıyorum deme lütfen, kötü örnek alır çocuklar. Sen bir şey yapamazsın zaten, yeteri kadar hak edersen bir şeyler sana yapılmak üzere gelir. Dersin bu olsun, buna çalış. Ya da hiçbir şey bilmediğini kabul et. Tasavvuf, insana kalabalıkta yalnız kalmayı öğretir. Sessizlik düşünmeni sağlar. Düşünerek bulamazsın ama bulanlar hep düşünenlerdir. Bulunca dönersin, Allah'a inanmak sana gelir.

Bilmiyorum, bu konuda sana tavsiye veremem ama, taşınabilirsin mesela. İşini bırakıp gücün yanında taşınabilirsin. Dedikodu yapmayı bırakmaktan başla mesela. İnsanlarla konuşmayı kes artık ki evrenin ne anlattığını duyabil. Allah'ın halkla muhabbeti olmaz!

Ve hatırla lütfen. Tüm evren döner. Sabitlik özdedir, hareket özü bulmaya, kavuşmaya gider, o da tektir. Tüm evren döner! Aşkı bilen her şey döner. Aşkı bilmesen de dön, belki bilmek sana gelir. Dünya, Ay, Güneş ve sistemi, Samanyolu, üstü ve üstü, gelirsek beriye, atomlar içindekiler sürekli döner. Evren otlanma yeri değildir. Evren dönme yeridir. Allah için dön, dönersen belki, Aşk sana gelir. Dön. Sema et. Hu!

Tasavvuf = islamische Mystik
Samanyolu = Milchstraße

Kelimeler

Seni tabirde kelimeleri dizmek çok zor.
Şair diyor ya adında gördüm harflerin gülüştüğünü...
Yüreğimin içindekiler ömürlük bir şiirin yazılmamış heceleri...
Elif...
Satırlara sığdıramam!
Ne kadar hakkım varsa hepsini seni yazmakta kullanırım.
Duam tamamlar ötesini...
Gözyaşım sular cana bata bata büyüyen sevda kelimelerini.
Öyle ara ara dökülür kelimelere dile.
Kuru toprağa düşen yağmur tanelerine bakın
ardından gelen huzur gibi anlatır seni.

Biraz da mahcuptur benim kelimelerim.
Öyle saklar ki seni, ipekböceğinin ince ince dokuduğu
o koza gibi...
Bazense küçük bir çocuk gibi utanır işte.
Al al olur yanakları.
Bir görsen sen olan halimi
bir yanı koca bir yangın olan halimi.
Yüreğimde öyle bir sevgi var, dile düşünce dili yakar.

tabir = Ausdruck, Traumdeutung
koza = Kokon

Ruhum yorgun düşmüş
sevmekten değil
sevmenin hakkını verememe korkusundan.

Hep bir huzur tarifidir adın.
Aklıma gelişini seveyim.
Aklıma sen düşmeden bu hali nasıl geçeyim?
Biliyorum ne yazsam her kelamın gerçeği de manası da
sana çıkacak.
Bir kelimen cennet, bir susman kor ateş bu yüreğime.

Şiir veya kelam yazmak değildir.
Bazen bir bakış, bir gülüş, bir utanış, bir saçmalık,
bir sakarlık
bir gözyaşı, bir dua ve en önemlisi de Allah'a teslim oluş...
Hep O'na, en güzele
emanetleri emin olan Allah'a emanetsin...
Sevdiğim...
İlk yağmurum, dua halim...
Can hecem...
Sükûtum...
Sabrım...
Bir tanem...
Ne söylersem söyleyeyim içimin içi...
Kalbe dokunan senken kelimeleri senden uzağa
nasıl bırakayım?
Can özüm.
Seviyorum...

Sükût = Schweigen

Elif

Her nefesin, her sözün, her kelimenin başıdır Elif...
Ne kadar uzaklaşırsan uzaklaş
geriye döndüğünde gördüğün ilk harftir o.
Satırda da hatırda da en yüksektedir...
baksan da bakmasan da, varsan da varamasan da Elif'tir.

Ya da adı her neyse
geceleyin kalabalıkta da olsan seni köşeye çekip
gözlerini dolduran neyse artık
adı her neyse onun...
Sanki her yolda yalnız yürüyormuşsun gibi hissettiren
dağın başına da gitsen
deniz kenarındaki martıların sesini kulağından sildirmeyen
sarılamazsın kimseye, ya ona benzerse diye
kaldırımlarda yürüyemezsin artık
onunla hep kaldırımlarda yürümüşlüğün gelir gözüne
hastalıklı bir mide dünyanın en taze meyvesini bile
nasıl kabul etmiyorsa
onsuz kalp de artık bu dünyalık değildir...

İnsanlar vapurun arkasında martılara simit atarken
sanki uzaklardan bakarsın her şeye
sanki uçmak istiyorsun ama uçamıyormuşsun gibi...
Unutamazsan
hep yağmurlu gibi geliyorsa sana hava
her gece boğazını düğümün dibinin dibi gibi hissediyorsan
koca şehrin merkezinde köy kokusu geliyorsa burnuna
gördüğün her bulutta çizdiğiniz anılar canlanıyorsa
ve her şiirin sonunu onunla bitirmek istiyorsan
artık şiir olmuştur senin sevdan
kafiyesi "Elif" olan...

kafiye = Reim

Romantik Aşklar

Kelimelerdir her şeyi anlatan. Bazen de her şeyi kısıtlayan. İnsanı insana tanıtan, derdini anlatan. Özlemleri sırtlanan. Savaşları başlatıp savaşları bitiren. Kelimelerdir kaybedenlerin sığınağı, kelimelerdir aşka adanan hayatlar yaşatan. Kelimelerinizi kaybetmeyin. Kelimelerinizi güzel seçin ve yazacağınız her şeyi güzele yazın.

Bana "Sen âşık olmuşsun ve aşk şiiri yazıyorsun" diyorlar. Ben bende tutamadığım duyguları kâğıda geçiriyorum. Kelimelerim birine değil yalnız bir yola. Sadece o yola. İnce ruhlu olmayı romantik aşk sanıyorlar. Derdimizi anlatsak ağır gelir anlamazlar. Yolumuzu anlatsak cüret edip adım atamazlar. Ben çok sevmedim, ben yalnızca güzel sevdim. Güzel sevmeler duadan sayılırmış, ben zaten şiir yazmıyorum Allah dua sayar da sevdiğimi bana murat eder diye yazıyorum.

cüret = Kühnheit / Frechheit

Eğer

Penceremin önündeki martılarda bile
yıllardan kalma tanıdık bakışlar
hepsi halimden haberdar.
Geceleri birlikte yazıyoruz bütün ayrılık şiirlerini
şiirli bakışlarına vurulduğum
güzelliğinde hiçbir rastlantıya inanmadığım kadına...

Gözlerim bakmak için değil, özlemek için sanki
belki bir gün okursun diye yazıldı bu kitap.
Mısralarımı sensiz, yaşlı gecelerde ettiğim
yeminlerde sakladım
ve okuman için değil sensiz yaşayabilmek için yazdım
sensiz geçen saniyeleri seninle doldurmak için...

Sorsalar iyiyim derim
eğer bir lokma unutursam seni
yok olur zihnimdeki tüm hatıralar...

Eğer sonu bir bahar gününe çıkmayacaksa bu şiirlerin
yok olsun kafiyesi olduğun tüm mısralar...

Eğer seninle yürümeyeceksek tekrar
nasıl yaşarım şubat günü gelinlik giymiş
İstanbul sokaklarında?

Mısra = Zeile
Kafiye = Reim

Gamze

Derdin, yılları biriktirip tek mısrada yazmaktır
aynı mısrada sen ve ben ihtimaline yazılmaktır.
Yağmurun yağması
yağmurun nefes kokması
her yerde görmek gibi
Elif diye yazılmış aynı kafiyeyi...

Sonra bir bakarsın
bütün bilgilerin, bütün yollar
ne roman ne hikâye
sevda dolu bir yuva.

Elif, ben sevdikten sonra en güzeli olmuş isimlerin. Öyle güzel sevmişim, isimlerin en güzelini şiire benzetmişim. Benzetmelerim kitap olmuş bir seyyah gibi geziyor artık gönülden gönüle. Yalnız ben değil, seni okuyan herkes seviyor ismini...

Göçmen Kuşlar

Okurken, seni bulduğum her satırda ortaya çıkıyor
yüreğimdeki göçmen kuşlar.
Demini alan her kelime bir kuşun kanadında sana gidiyor...
Sen, benim düşüncelerimin gökyüzüsün!
Nefes aldığı, can bulduğu.
Bense beyaz bir suyun aktığı nehir kenarından bakarım sana
sana baktıkça nehir berraklaşır
bir gökyüzü çizerim avucuma
belki bir gün gelir konarsın diye.
Ben seni çizerim avucumun içine
kelebekler tebessümünü bekler
gelir ve gamzelerinden su içerler...

Göç başladı. Sürü sürü kuşlar geçiyor gökyüzünden. En uçta başı çeken bir kuş, geride kalanları ardına takmış sürüklüyor. İzliyorum geçen kuşları, sonra bakışlarımı indirip taş yığınlarından ibaret olan şehre bakıyorum. Kuşlar olmasa sanki bir cehennemde yaşıyoruz diyeceğim. Soğuk insanlar, soğuk binalar, gri bir dünya. Yalnız kuşlar bozuyor bu çirkinliği. Her şeye rağmen yaşamın ve doğanın döngüsünün sürdüğünü hatırlatıyor. Biz plazalardan evimize dönerken onlar sıcak ülkelere göç ediyor. Kendi tabiatları için gereken neyse onu yapıyorlar, bizse çoktan unutmuşuz doğamızı... Neyse sen varsın. Gamzelerin de benim göç etmek istediğim o ülkeler gibi... Doğamın ve ruhumun huzur bulduğu tek yer, bu soğuk binalarla çevrili şehrin ortasında...

Sahibine

Yüreğinin sahibi sensin, sana ait o taşıdığın yürek. Onu kırmalarına asla izin verme, yürümesini bilmeyenin yüreğini yıpratmasına izin verme. Gün gelip utanacağın işler için kimseye eyvallah deme. Utanmamak için kalbine, aklına, nefsine mukayyet ol. Kendine herkesten iyi bak. Önce kendi değerini bil. Bırak giden gitsin sen yolun güzel tarafında kal.

Biz güzel gözlere değil, gözleri güzel gösterene vurulduk
sözle cezp edenle değil, sükûtumuzu anlayanla olduk.

Süsle olmaz bu işler, yolun güzel değilse eğer
senin için her şeyi yaparım diyene biz sade
samimi niyeti sorduk.

cezp = anlocken, reizen

Seni Allah İçin Seviyorum

Cevap verecek sözüm kalmamıştı
sözüm belki de ilk kez bu kadar kalmamıştı
saatin bile yorgunluktan uyuduğu
nefislerin bile korkacağı kadar karanlık bir anda
benim için kalemi kâğıtla buluşturan bir melekti o.

Mutluluktan boğazımda oluşan düğümdü
dünyanın en güzel yerine gitsem
soracağım ilk şeydi o
eskitmekten korkar insanlar, söylemek istemezler ya
ben söylüyorum
her anı, her nefesi, her yudumu mucizeye çeviren "sen"de
eskimeyecektir bu söz:

"Seni Allah için seviyorum!"

Allah için sevmeli insan birbirini ve tertemiz olmalı bu sevgi. İçinde yalan olmamalı. Günaha bulanmamalı. Çünkü içinde yalan ve günah olan sevgi insanı dibi olmayan bir bataklığa götürür, ne kadar çırpınırsan çırpın kurtulamaz ve asla temizlenemezsin.

Geceler

Geceleri neden uyumuyorsun dedi.
Uyumak mı?
Herkes uyurken seni düşünmek varken
geceler uyumak için fazla güzel değil mi?...

Geceler gözlerim yaşlı ıslanan kâğıtlara yazmak içindir. Seni kâğıtlara anlatmanın, Allah'a duanın ve yağmura denk gelen her seferinde pencereden yalan dünyayı izlemem içindir.

Şimdi uyumak mı dersin?...
Uyumak delilik sevdiğim...

Uykusuz kalmak, bizim gibi gönlü aşkla yanıp, gece bu alevi coşturan sadıkanelerindir. Geceler uyumaktan değil be yâr, çok uykuyu haram sayıp ibadet etmekten geçer.

Gece, sevdanın uyandığı; nefislerin uyuduğu vakittir!

İçine çöken sorular gözlerini kapatınca hücum eder aklına, geceye kulak ver, iyice dinle! Gecenin sesini, yaşama sevincini duyacaksın, "Gece kadar olabilirim" diyeceksin. Geceden öğreneceksin yaşamın ne olduğunu ve gece öğretecek sana yaralı kanatlarınla nasıl gökyüzünde kanat çırpacağını...

İlk Gün

Adı Elif olan her şeyi ona benzetmeye başladıktan sonra
nokta konmuştur.
Cümlelerin hüzünle başlayıp sessizlikle bittiği
yerdesindir artık.
Hiçbir yer
hiçbir insan
hiçbir deniz dalgası
hiçbir martı sesi kesmez artık seni.

Belki bir yağmur
onu ilk gördüğün günkü gibi yağan...

Sadakat!

Sevmek, kıyısına yaklaştığın bir uçurum gibi değildir. Yuvarlanan kayalar da kalp değildir. Kaya bile dağılırken ah kalbin hali nice ola? Kimseyi bu korkuyu yaşatacak kadar o kıyıya sürüklemeyin. Sevmek, içinde korkunun barındığı nefsani duygulardan sıyrıldığında hakikatteki boyutuna ulaşır.

Sadakat, şimdiki zaman sevdalarının eksik yanı. Gözlerine baktığımda gözlerin bile beni öyle sarmalı ki kollarından ziyade, bileyim o gözlere başka bir yüz değil hayal bile girmesin...

Öyle bir niyetle başladım ki bu sevdaya, bile bile yanmayı seçtim bu dünyada. Kavuşmak bu dünyada yalan olsa da ben sadık olup ahirete bile yüreğime eş seni seçtim.

Allah'a kullukta, sana sevdada sadakatim eksik olursa aldığım nefes zaten haram...

Şimdi sadakatim iki cihan tek sevda.

"Sevdiğine sadık olmayan Allah'a da sadık olamaz."

sadakat = Treue, Hingebung

Simitçi

Simitçimiz aynı yerinde. Oradan aldığımız bir simit bir peynirle dünyanın en zenginlerinde olmayan keyfi yaptığımız, o simitçi çocuk da başında tezgâhın. Bir yaşanmışlık var gözlerinin altında. Seni benim yanımda görmediği ilk gün seni sormuştu. O günden beri hiç konuşmadık. Ben bıraksam yazmayı, o devam edecek kadar biliyordu konuyu. Bakıyor, olmadığını anlıyor. Bakıyor, özlediğimi anlıyor. Bakıyor, bende senin yokluğunu görüyor.

Gittiğin günden beri hiç simit peynir keyfi yapmadım, yapamadım. Yapamazdım.

Erkek adam ağlamazmış. Gelip de görün beni, o simitçi çocuğun yanından geçerken. Aynı sokağın aynı köşesinden geçerken gözyaşlarını her seferinde hep aynı noktaya düşürecek kadar yoğunlaşabilir mi duygularınız?

Erkek ağlamaz ama ağlarsa da o gözünden düşen damla yerdeki o kaldırım taşını deler. Eline kalem verirseniz, yazacağı şiiri bulutlar öteden okusanız yürekleri deler.

İşte o gün de sanki gece yazacaklarımı ruhum biliyormuş gibi bir damla bıraktı yere. Yine aynı yere. Yine aynı köşede. O küçücük damlanın içini açsanız bir ülke kurarsınız ansiklopedilerden. Yetmez anlatmaya. Anlatılsa sevda olmaz ya zaten, anlatılsa sevme olmaz.

Ben sadece seviyorum, okuyanlar yazıyor sanıyorlar. Her yazımın içine yaramaz küçük bir çocuk koyuyorum. İşte o çocuk, gözlerini gördüğüm ilk gündür. Bana öğrettiklerin, günahlarımı gözlerimden döktüğüm o gündür.

Uçan bir kuşu köşeye sıkıştıramazsınız ya hani, işte zihnimin bir kuş olmaya karar verdiği gündür o gün. Bir martı güdüsüyle denizleri sevmeye başladığım gün. Özgür oluşumun ilk günü. Sevmeyi, Hakk'ı bilişimin ilk günü. Yüzümün kızardığı ilk gündür...

Senden sonra yürüdüğüm sokakların rengi de değişik, bana bakışları da. Beni suçluyorlar sanki, yalnız bu dünyaya yakışmıyormuşum gibi çıplakmışım gibi hissettiriyorlar. Oysaki öyle kalabalık sokaklar, her yer insan. Ellerin içinde eller.

Bazen en yakınındakiler en uzaktır, uzak dedikleri de en yakında. Kaç şehir varsa aramızda, bir çizik atarım araya bir şiir yazarım çiziğin üzerine.

Sen bana gel diye ses et yeter, şiirlerden köprüler kurarım yüreğine...

"Ç"

Allah'ın istediği kulu hayal ediyorsun sonra
bakıyorsun kendine
insan düşünmeye bile utanıyor.
Yaptıklarından utanıyor.
Yediklerinden içtiklerinden utanıyor.
Bir Filistin haberi televizyondan, elimizde *malum* içecek
midemiz gaz dolu üzülüyoruz kardeşlerimize.
Hayırlı iftarlar Türkiye.

Rabb'in istediği kula bakıyorsun
hiçbir benzerliğimiz yok
hiçbir hak ediş yok kardeşim.
Burnumuzun ucu yanıyor kardeşim utancımızdan.
Baktığımız yerler net değil, gözlerimizdeki yaştan.

Betonlara basmak bizi değiştirmiş kardeşim.
Güneşin nereden doğduğunu bilmeyen insan var.
Toprağa ihtiyacımız var kardeşim, biraz da mezara.

Şu üniversiteden mezun oldum demek artık koyuyor bana, kurbanın etini pazarlaması gibi şu vasıflarım var demek koyuyor. Modern köleler gibi CV'lerimiz var kardeşim, hepimiz günde 8 saatimizi kiralıyoruz patronlara.

Öyle bir açmaz ki
konu dönüp dolaşıp gafletimizin sınırlarına dönüyor.
Yapmak istiyoruz ama neyi bilmiyoruz.
Bilsek de
anne nasihati sigortalı işimizi kaybederiz diye korkuyoruz.
Bilmek de koyuyor bilmemek de, sonuç yapamamaksa...

Daha kötüsü ne biliyor musun kardeşim?
Acımız dünyaya geri dönünce morfinleniyor.
Gözyaşlarımız timsahlaşıyor
kendimizi mutlu hissediyoruz
vicdan sızlamayınca yolumuz doğru sanıyoruz
yanlış vicdan sızlamaz kardeşim.

Saygınlığımızı umursuyoruz
birilerinden öğrendiklerimize kuruyoruz dünyamızı
gereksiz o kadar şey hayatımızın hedefi haline geldi ki...

Umudumuz var mı kardeşim?
Avamdan uzak durmak mı umudumuz?
Din tüccarlarından ve dinsiz tüccarlardan uzak durmak mı?

Ne zaman değişeceğiz biliyor musun kardeşim?
Acı çekmek
değişmekten zor geldiğinde
değişeceksin.

Ve ben
artık burnumun acıdan yanmasını istemiyorum kardeşim
ayaklarıma, parmak uçlarıma serin sular istiyorum...

Avam= einfaches Volk, Pöbel

Elif Gibi Sevmek

Elif Gibi Sevmek
gözlerine bakıp o derya denizden çıkamamaktır
ayrıyken nefes alamamaktır.
Onsuzluğu düşündüğünde kıyametini yaşamaktır
Elif Gibi Sevmek!

Elif Gibi Sevmek
sevdiğinin gözlerinden geçmektir uyanışa
Aşk'ta taklidi değil, hakikati bulmaktır...

Elif, Kul Aşkı değil Hak Aşkı'dır.
Elif Gibi Sevmek Elif gibi dimdik Hakk'a sevdalanmaktır.
Elif Gibi Sevmek Yaradan'ı sevmektir.

Sevmelerin en güzelinin adıdır Elif Gibi Sevmek
Elif Gibi Sevmek
varlığı bir olan Allah'a şahadet eder gibi sevmektir...

Haram Olsun

Dualar ayrılır mı hiç?
Yarım dua olur mu?
Yarım ayet?
Yarım nefes olur mu?
Namaz yarıda kesilir mi?
Yarım bırakılır mı hiç oruç?
Yürek emanetine ihanet olur mu?

Yâr
haram olsun bu sevdayı böyle yarıda bırakırsak eğer
haram olsun nefesin yanımda değilken atan bu kalp
haram olsun binlerce gözlerin dolu karanlık geceler
haram olsun yıllanan gözyaşlarım...
Vav oldum, Elif gibi sevdim
yazmayı bıraktım, şiir yaşar oldum...

Hadi gel sevdiğim, bu ayrılığa tövbemizi birlikte edelim...

Özlemek

Bazen gerçekten sevdiğinizin yolundan gitmenin bedeli, onun dışında kalan herkesi kaybetmek ile sonuçlanır. Yalnız kalırız ama o öyle yanımızdadır ki kalabalık ve huzurlu hissederiz. Peki ya sadece o yeter dediğimiz giderse? Bazen sevdaya bizim gibi bakamaz ve gider, gösterdiğimiz sevgiyi kaldıramaz ise bir gün gider. Bütün dünya gitse bir şey olmazken o gittiğinde yalnızlık gelir üzerimize. Sanki dünyada yapılabilecek her şey bir anda yok olmuştur ve sıkılmak en büyük hobimiz olmuştur. Sanki bütün şairler, yazarlar ve sanatçılar konuyu biliyormuş gibi size yazmaya başlarlar. Onu hatırlatırlar size.

Yalnız kalmak gibi
sanki yıldızlara bir Elif miktarı yakınmışçasına
bir kelebeğin ilk günü gibi asgari bir umut
17 yıla inat yetmiş bir okumak gibi seneleri
her şarkıda şair kesilmek, ister istemez...

İnsanlara yabancılaşmak, martılara benzemek gibi
seni özlemek yalnızlığın dibi.

asgari= minimum

Sorun

Sorun ne biliyor musun?
Sorun, senden ayrı olmak değil
sorun, senden ayrı olup
sanki hâlâ seninleymiş gibi yaşamaya devam etmek...

Sorun dememek lazım belki de Allah için seviyorsan
yârin bıraktığı her acı seni Rabb'e meylettirsin ve:

Allah'a dönüp ne büyük derdim var diyeceğimize
derdimize dönüp ne büyük Allah'ımız var diyelim.

Ne dert kalır geriye ne de bakmak geriye...

Pişmanlıkların üzerine hayat kurarsan, gün gelir pişmanlıkların üzerine kurduğun hayat en olmadık zamanda, tek bir sözcük ile üzerine yıkılır. Ve ondan sonra başlar en acı verici keşkeler. Bu yüzden keşke dememek ve pişman olmamak için yüreğinizin sesine kulak verin ve bütün gücünüzü harcama pahasına da olsa mücadele edin. Kim bilir belki de hayat mücadelenizi haklı bulur ve yüreğinizin istediğini size verir. Ama asla keşke demeyin.

Cenneti Beklerken

Bazen gözyaşı dökersiniz ve dünyada vuslata eremeyeceğinizi görürsünüz. Peki bu çektiğiniz dertler size cenneti nasip edecek günahlarınızı siliyorsa pes eder misiniz? Artık bu derdi istemiyorum der misiniz?

İnsan ateşin içinde dışarıyı göremezmiş ve tek duası kurtulmak olurmuş. Ama kurtulmak değil de hayırlısını isterse o ateş hayatının en güzel yolunun inşası olabilirmiş. Yıllarca bekledim. Yıllarca O'nun adını sayıkladım. Kavuşamadım ve şimdi görüyorum ki onlarca yıl hiçbir eğitimle bana öğretilemeyecek dünya gerçeğini ben bir kavuşamamakla öğrenmişim.

Allah korkusundan ve sevgisinden titresin yüreğiniz ve eğer birini seviyorsanız heybenizde günahlar biriktirmeyin ki gözlerine günahsız bakabilin.

Nefes

Şimdi değil
yılları bitiremediğinde değil
saniyelere hapsolduğunda hatırlayacaksın beni.
huzursuz olduğunda değil
nefessiz kaldığında hatırlayacaksın beni.

Ah, bu değer bilmez yanlar
varlık varken şükürsüz haller
bilinçsiz buhranlar...
Neyin kaybını vermeye uğraşıyor ki insanlık?
Neyin modası, sevmelerin anlık olması
sonra iç çekişlerin yüzlere yayılması?

Öyle çok kayıplar veriyoruz hiç uğruna.
Kaç bombanın daha atılması gerek Gazze'ye
kaç ateş daha düşmeli Bağdat'a
kaç çocuk daha ağlamalı hak etmediği bir acıya
kaç can daha ölmeli...

Buhran = Krise

ve kaç kez gitmek gerek, kaç kez incinmek...
saymaya kelimelerin yetmeyeceği
dünyaya cehennemi kuran ziyanlar?...

Şimdi soruyorum yâr:
Hatırına düşmem için illa nefesinden mi geçmen gerekecek?

Şimdi ben senden sonra hiç kimseyi sevemez oldum. Artık kendimi bile kabullenemiyorum. Her ümidimin başköşesine seni yerleştirdikçe, imkânsızlık metrelerce mesafeler gibi uzuyor geleceğimin önünde...

Hasretinden Yandı Gönlüm

Sana bakma hayalini öyle güzel kuruyorum ki
dünyanın en güzel çocuğu oluyorum o an
dünyanın en güzel oyuncakları veriliyor sanki
senden sonra kimseye dokunma cesareti
gösterememiş ellerime...
Geceler ardı sıra sevgililerimdi senden sonra
hiç uyutmadılar beni
nöbetçi gibiydiler, seni hatırlatmaya...
Yokluk hal oldu bende
dokunabiliyorum, konuşabiliyorum yokluğunla.
Bir tek yaşaması zor geliyor...

Arifesinde annemin yeni giysiler aldığı bayramların
bile tadı yok
İstanbul'un havası da sevdalı sanırsam,
bir tuhaf senden sonra.
Bozulan komşulukları da, insanları da, havayı da, trafiği de
her şeyi sana bağlıyorum
sen gelsen düzelecekler sanki...
Gelirsen eskisi gibi olacağım söz
"Hasretin bol malzeme çıkardı, şiirlerime yaradı"
diye ilk esprimi yapacağım...

Haftanın en sıcak günü çıplak ayaklarla çimenlere basacağız
eskisi gibi.
Bostancı sahilinde güneşin nerden batacağını tahmin
edeceğiz yine.
“En uzun kahkahayı kim atacak?” oynayacağız
kalabalık yerlerde
mütemadiyen gittiğimiz Kaşıbeyaz’ın önünde
elimizde kuru simitle herkesten mutlu olacağız.

Martılar simitleri bırakıp bizi izleyecekler
vapurun arkasında her zamanki yerimizdeyken.
Yine erkeklik yapıp Ikea’daki bütün örnek evleri
alacağım sana.
Birbirimize bakmaya kıyamayacağız yine
Bu sefer olmaz demeyeceğim
bana limon yedirip fotoğrafımı çekebilirsin
söz, ellerin ellerimdeyse, yağmurdan korkmamaya
devam edeceğim.

Sen gittin
ben de hasretini aldatmayı denedim
seni unutturabilecek bir sevgili...
Kalubela’da “Elestü bi Rabbiküm”e verdiğim cevaba
adadım kendimi.
Bu tarafta olmadıysa da ezelde hak ederim belki seni...
Hasret, olgunlaştırır İlmel-yakin ise...
Hasret, acıtır Aynel-yakin ise...
Hasret, kelebeğin bilmek için güneşe gitmesi gibidir...
Hakkal-yakin ise
ne kanat bırakır ne düşünce...

İlmel =
Aynel =
Hakkal =

Bir Hüzün Hastalığıdır Şiir

Bir hüzün hastalığıdır şiir
devası
gözlerine vurulmuş bir adamın kâğıdı sevmesidir.

Başka türlü geçmez çünkü
bir eline çay alırsın
kulağın yağmur sesine talip
diğer elinden nakaratlar dökülür
gözyaşına buruşuk kâğıtlara.
Anlaşılmana gerek yoktur çocuk
anlamazlar
sen seversin
onlar yazıyor sanırlar...

nakarat = Refrain, Kehrreim

Bilirdim

Bilirdim bu dünyanın fani olduğunu. Hep dediğim gibi alışamadım zaten şu yaşamak denen soluk verme telaşına. Ve bana yaşamanın içinde cennetin yeniden olduğuna inandıran gözlerini gördüm. Yeşil bir okyanusa dalıp, tatlı sular içtiren o tarifsiz gözlerini...

Her kelimede gözlerini yazamasam da her gözlerimi kapadığımda aklıma gelen en güzel şeyi; seni. Satırların dönüp dolaşıp durduğu en güzel noktam senken bakışım bakışında bir umut mühendisi.

Sen olmazlığının peşinden koştukça hayatımın diğer noktalarında gerçekleşebilecek güzellikleri de kaybediyorum. Kaybedişimin farkındayım. Ve artık bir hayal gibi ismimizin aynı parantez içerisinde yazılması...

Seni Sevsem Şehirlerin Yeri Değişir mi?

Ben sana şiirler yazdıkça sen daha da çoğalıyorsun. O zaman anlıyorum bütün çabamın boş yere olduğunu. Gereksiz ve önemsiz hissediyorum kendimi şu anlamını kavrayamadığım hayatın içinde. Öyle bir hayat ki, seni benden uzaklaştırıp, dilimi suskunluğa sürükleyen ve bir dilsiz gibi sayfalar da yeni lisanlar türeten. Oysa yeni lisanlara gerek yok! Çünkü ben yabancısı değilim sensizliğin. En aşina olduğum lisandın bir zamanlar, şimdi sensizliğin lisanından aşka dair günlük bilmeceler türetiyorum...

Bu gece öyle özledim ki seni
koca şehrin yerini değiştiresim geldi...
Şehrin köklerinden kopup şehrime gelir mi?

Tevafuk

Bir kâğıt bir kalem öncelikle Allah yazmalı ki, bundan sonra yazacağı kelamlar O'nun aşkından nasipsiz kalmasın. Eğer bir sevda gerçekse o ancak Rabb'in yüreğe ektiği bir lütfudur çünkü.

Şimdi kelimeleri döküyorum ya kâğıda, bazen kâğıdın ötesine geçiyor hislerim. Yazarkenki ihtimalleri koşup sende yaşayasım geliyor. Kısacık ömür... Doğumla ölüm arasında bir nefeslik hayatı, bir nefislik hayat olarak yaşarsak dağlanmaz mı yüreğimiz? Ah be yâr, yakınken uzak olmak yoktur bizde. Yakından da yakın vardır. Öyle çok eksik hissediyorum ki bazen, dünyanın o boş telaşına kapılınca. Sonra bir dua daha yüreğimin semalarından yükseliyor. Soframda yüzün, nefesin olsa bir ömür ben doymaz mıyım?

Yazılmışsa bu sevda Hak katında nasip diye, artık bekletme yâr! Her gün yeniden özlemeye başlamak çok zor. Lütfen artık bir tevafuk ol gel yüreğime!

tavafuk = identisch

Şiir Yaşıyorum

Bütün ihtimallerin müptelasıyım
gözlerinden kurtuldum derken
İstanbul'un bütün güzel sokakları sana benzemeye başladı.
Düşmüşüm bir garip aşka...
Yazınca şair diyorlar.
Oysaki:
Dokunuyor kelimeler bana...
Adını yazmak düğümlü bir mısra
çözmeye çalıştıkça dolanan
dolandıkça aşka boyanan...

Bazen yüreğin satır aralarından birkaç kelime dökülür...
Elif'i sevmek Hikmet'e
siyahı manaya bürümek, beyaza düşer...

müptelası = Leidender, Verfallender, Süchtiger

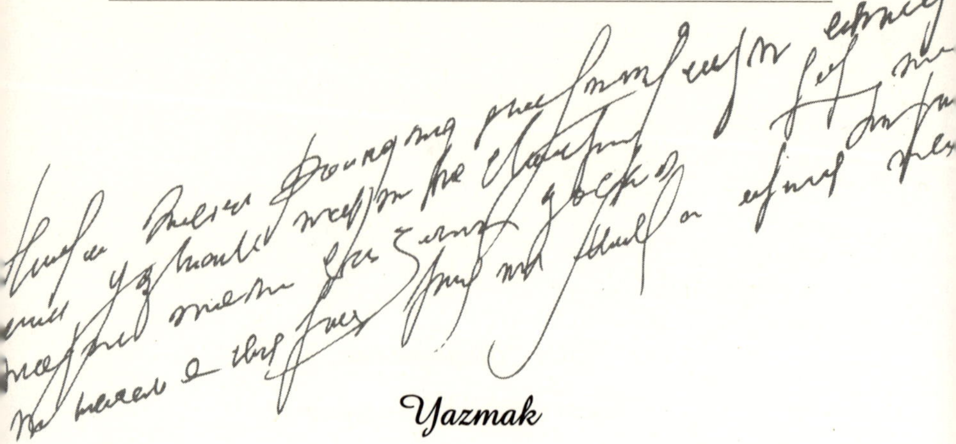

Yazmak

Sahi, gözyaşlarımı yanaklarımdan düşürüp sayfalara cümle cümle işlerken, sen de düşer misin yüreğimden? Ruhumu zorla taşıyorum bedenimde. Her gece dualarımı gökyüzüne bakarak fısıldıyorum "Affet Rabbim ve yüreğimi temizle" diye, bazen sahici bir sarsıntıyı arıyorum. Ama hayatım o kadar normal ki kendime gelmek için hiçbir sarsıntıya yer veremiyorum düşlerimde...

Bizi bir çift göze âşık olmuş görenler, o gözlerin ne anlattığını bilmezler.

Gözlerden sıyrılıp işaret ettiğini görenler, işte o zaman sevda nedir anlarlar...

Yazmak kesmez oldu artık

şiir yaşıyorum ben...

Bir Elif Miktarınca

Bir martının Boğaz'da süzülmesini hayal edersin
öyle kusursuz, içten ve kendiliğinden...
Oysaki tefekkür yalnızlığındaki dualarının
tek hecesi eksiktir hep...
Bir nefes eksiksindir hep
bir nefes, bir bakış bazen bir sarılış
hepsinden eksiksindir, bir Elif miktarınca...

Özetiyse bazı şarkılar eksikliğinin
istemsiz şiirler geliyorsa gözlerinin önüne
her baktığın yer içten içe buğuluysa eğer
gönlüne Elif perdesi çekilmiştir bir kere
gözlerindeki buğuya sarılır yatarsın geceleri
sabahları da boğazında bir düğüm
rüyalarından kalma...
Hepsi sana özlemdir, bir Elif miktarınca...

Seni Seviyorum'a Kadar Ne Varsa

Eskiden geleceğe dönüş makineleri hayal ederdim.
Babam o boyla nasıl dengede durur anlayamazdım
sıcak çay harareti nasıl alır, bitkiler yaşlanır mı?
Bir öğretmen tek bir dersi anlatırken, bir öğrenciden
bütün dersleri anlamasının beklenmesi...

Neyse özetlemek gerekirse
"Ali topu at" ile başlayıp "Seni seviyorum"a kadar geçen zamanda bu tip sorulara dertlendim herhalde, hatırlamıyorum.
Senden sonra
senden sonra derken bir yaratılmışın en fazla ne kadar güzel
olabileceğini gördükten sonra
soruları bıraktım, sadece seni sevmeye başladım...

Artık
artık derken bir insanın en fazla ne kadar güzel olabileceğini görmemden beri
bir kabullenme
suya bakıp kendine benzemeyen suretini kendin olarak kabullenmen gibi
bir inanç böyle içi boş, saydam:
saydam derken gözlerine bakıp cennetin görülmesi gibi
küçükken zilleri çalıp kaçmam gibi çocukça bir inanç işte.

Öyle bir güneş oldun ki
sana bakmak kabul etmek oluyor hiçbir şeyi görmemeyi
seni sevmek inanmak oluyor güzel bir geleceğe
güzel bir gelecek derken güzellikte sana yaklaşabilecek tek şeye...

Son olarak da
şairin dediği gibi sana bakmak biraz da inanmak oluyor bir olana.

Bu şiirden ölmeye ne kadar kaldı bilmiyorum ama
içinde bir tek sen olsan yeter
"Seni seviyorum"dan sonsuza kadar ne varsa işte...

Bereketli Yağmurlar

Onun gözleri, sözcüklerime sebep olana kadar
savrulup yüreğine bir kum tanesi hece olana kadar
rüzgârlar biriktirirsin içinde
hafifçe esmesiyle bile benliğini savuran.
Ve bulutları biriktirirsin gözlerine
bereketli yağmurlar bırakan yüreğine...

Eylülü seçersin bakmak için gözlerine
sevdanın tohumlarını serpmek için...

Temmuzu seçersin, özlemek için terli ellerini
yanıp kavrulduğun için...

Her yağmurda, her gökkuşağında, nefesin yüreğine yettiği her anında, bir şiir, bir masal, bir sevda yazasın gelir sevdiğin kızın gözlerine. Şükür dökülür, her mevsiminde aşkı yüreğine değdirene...

Ben yanlış cümleler kurdukça aşka dair, sen daha da uzaklaşıyorsun benden. Sana koşup yetişmek de zorlaşıyor artık, sen karanlık bir günbatımında yalnızlığa doğru yavaş adımlarla yürürken, ben arkandan olduğum yere çakılmış bir şekilde daha da zorlanıyorum gözyaşlarımla harmanlanan sözcükleri yutkunmaya. Boğazıma takılıyorsun ve ben arkandan bakakalıp "Gitme..." diyemiyorum.

17 Sene

Ve bazı şiirleri yazmak 17 seneni alır
vakti vardır aşkların
mazeretler sunar hayat sana
erteler durursun hayallerini
yalan sevdalardan anlarsın, vakti vardır sevda şiirlerinin
gençlik acıları lazımdır büyümen için.
ve bazen 17 sene lazımdır sevdanı yazman için...

Elif gibi sevmeye çocukken başladık biz
bakmayın şimdi okuduklarınıza
senelerce
en iyi dostumuz yalnızlığa yazdık sevdamızı biz
gözyaşlarıyla
17 senede...

En kuvvetli yerimden kırdın sen beni. Yokluğunla kırdın. Bir daha ayağa kalkmak zor! Takatimi sende yitirdim. Direncimi kırdın, gözyaşlarım sebepsiz yere akarken, neden gelip sesinle teselli etmedin beni? Senden sonra her filmde sana benzeyen bir karakter keşfeder oldum ve senden sonra herkes sana benzemeye başladı. Ama kimseye dokunamadım. Dokunabilen varsa yüreğime dokunsun istedim. Nafile! Sen gibi kimse yüreğime dokunamadı. Şimdi ben! Sensizliğin zirvesinde, yalnızlığımı ancak sana yazdığım şiirlerle paylaşabiliyorum.

Mazeret = Entschuldigung
Takat = Kraft

Yusuf ile Züleyha

Yusuf bir gün bir düşünde on bir yıldızın, Ay'ın ve Güneş'in etrafında döndükten sonra yere eğilip kendisine secde ettiklerini görür. Sabah olduğunda Yusuf gördüğü rüyayı babası Yakub'a anlatır. Yakub, Yusuf'a bu rüyayla peygamberlik haberi verildiğini ve kardeşleri dahil hiç kimseye hiçbir şey söylememesi gerektiğini tembihler.

Fakat Yusuf'un gördüğü rüyayı kardeşleri öğrenir. Babalarının Yusuf'u daha çok sevdiğini düşünüp kıskanırlar ve Yusuf'u yalancı düş görmekle ve kalp hırsızlığıyla suçlarlar. Hasetliklerinden Yusuf'tan kurtulmak isterler ve bir plan yaparlar. Yusuf'u kuyuya atıp babalarına Yusuf'u kurdun yediğini söyleyerek, onun kanlı gömleğini verirler.

Bir gün sonra Mısır'a mal götüren kervanlar kuyuyu görüp kuyudan su çekmek isterler. Birkaç kervancı kuyudan su çekmeye çalışırken bakraca tutunmuş Yusuf'u görürler ve onun güzelliğinden çok etkilenirler. Köle olarak alıp şehirde satmak üzere kafileye katarlar Yusuf'u.

Bu arada Mısır'ın en güzel kızı Züleyha bir rüya görür. Züleyha rüyasında bir çölde gökten gelen ay aydınlığı başının üzerinden geçerken, kendisinin kocaman, parlak, mavi ışıklar

Hasetlik = Neid
Bakraç = Kupfernapf
Kafile = Reisegruppe, Kolonne

saçarak ufuktan doğan çok köşeli bir yıldıza dönüştüğünü ve çöllerden gelen ayın aydınlığının içinden geçtiğini görür. Daha sonra suret aynasında güzel bir görüntü karşılar onu rüyasında.

Bu rüyadan kısa bir süre sonra Züleyha'nın babası Züleyha'ya Mısır azizi Potifar'ın talip olduğunu söyler. Bunun üzerine Züleyha Potifar'ı görmek ister. Züleyha Potifar'ı gördüğünde onu rüyasında gördüğü güzellik zanneder ve Potifar ile evlenir. Ancak fazla zaman geçmeden yanıldığını anlar.

Bu sırada Yusuf'u satın alan kervan Mısır'a varır. Yusuf'u köle pazarında satılığa çıkarırlar. Potifar Züleyha'ya köle almak istediği için açık artırmaya katılır ve Yusuf'u satın alır. Ardından Yusuf'u Züleyha'ya gösterir. Züleyha Yusuf'un çok güzel bir çocuk olduğunu söyleyip ona iyi bakar ve büyütür. Rüyasında gördüğü o güzel suretin o olduğunu hatırlamaz.

Yusuf büyüdüğünde Züleyha Yusuf'u hatırlar. Züleyha öyle hale gelir ki ona her şey Yusuf'u hatırlatır. Yusuf'un kendisini fark etmesi için elinden geleni yapar.

Züleyha'nın Yusuf'a olan aşkı Mısırlı kadınların diline düşer. Züleyha ayıplanır. Züleyha bunu öğrenince Yusuf'u Mısırlı kadınlara göstermeye karar verir ve ziyafet vereceğini duyurarak bütün kadınları davet eder. Ziyafette kadınların önüne portakal koyar, davetli kadınlar portakal soyarken Yusuf içeri girer ve Yusuf'u gördükleri an ellerini keserler. Kadınlar Yusuf'a hayretle bakıp "Bu bir insan olamaz, bu bir melek..." diye mırıldanırlar ve Züleyha'ya haklı olduğunu söylerler.

Züleyha bir gün sudan bir nedenle Yusuf'u odasına çağırır. Yusuf şaşırır. Züleyha birkaç kez daha yineler davetini. Yusuf bunun üzerine "Rabbim bana istememeyi isteyebilmeyi nasip et!" diye dua eder. Yusuf bu duayı ederken Züleyha Yusuf'un üzerine doğru koşar ve Yusuf'un gömleğini tam arkadan yakalar ve yırtar. O sırada kapı açılır. Kapının önünde birkaç adamıyla birlikte Potifar vardır. Potifar bu duruma çok sinirlenir. Potifar Yusuf'un suçlu olduğunu düşünürken orada bulunan ak sakallı bilge görünüşlü biri oraya gelerek "Gömleğin yırtığı öndeyse Züleyha suçsuzdur, yok eğer gömleğin yırtığı arkadaysa Yusuf suçsuzdur" der. Bunun üzerine Yusuf'un gömleğine bakılır ve Yusuf'un gömleğinin arkadan yırtıldığı görülür. Gömlek arkadan yırtıldığı için Yusuf aklanır. Ancak Potifar Mısır'ın geleceği için kendi varlığının gerekliliğini ve bu olayın gizlenmesi gerektiğini düşünür. Bu nedenden dolayı Yusuf'u zindana atar.

Firavunun ekmekçisiyle şerbetçisi de Yusuf ile aynı zindandadır. Yusuf daha önce görmüş olduğu rüyayı zindanda bir kez daha görür. Bu kez rüyasına mavi, kocaman bir yıldız katılır. Güneş, Ay ve on iki yıldızın hepsi Yusuf'un önünde secde eder.

Yusuf 7 yıl zindanda kalır. Bu arada kendisiyle birlikte zindanda kalanların rüyalarını yorumlar ve tabirlerin gerçekleştiğine şahit olurlar. Bir gün firavun rüyasında yedi zayıf ineğin yedi semiz ineği yediğini görür. Sonra yedi dolgun başak ardından yedi kurumuş başak görür. Firavun hemen müneccimleri, kâhinleri, rüya tabircilerini yanına çağırır. Rüyayı anlatır ve yorumlamalarını ister. Hiçbiri bu rüyayı yorumlayamaz. O sırada şerbetçinin aklına Yusuf gelir ve firavuna söyler. Şerbetçi zindandayken öğrenmiştir Yusuf'un maharetini. Firavun da şerbetçiye hemen Yusuf'a gitmesini emreder.

Bunun üzerine şerbetçi Yusuf'un yanına gider. Yusuf'a firavunun rüyasını anlatır ve Yusuf'tan yorumlamasını ister. Yusuf Mısır'da yedi yıl bolluktan sonra yedi yıl kıtlığın olacağını söyler. Ardından ilk yedi yılda ekinlerin ihtiyaç olduğu kadarı tüketildikten sonra kalanının saklanıp, ikinci yedi yıldaki kıtlıkta tüketilmesini söyler. Bunun üzerine şerbetçi hemen firavunun yanına dönerek Yusuf'un söylediklerini anlatır. Firavun işte bu benim rüyam diyerek Yusuf'u görmek ister.

Şerbetçi Yusuf'u zindandan çıkartıp, firavuna getirir. Firavun Yusuf'un zindana atılmasında payı olan herkesi saraya çağırır. Bir tek Potifar öldüğü için gelemez. Firavun kadınlara neden ellerini kestiklerini ve Yusuf'un onlar için kötü bir niyet besleyip beslemediğini sorar. Kadınlar "O masumdur, onu isteyen bizdik" diye cevap verirler. Firavun adamlarından Züleyha'yı getirmelerini ister Züleyha gelir ve firavun Züleyha'ya, "Bize bir şey söylemeyecek misin?" der.

Firavun soruyu birkaç kez tekrarlar. Züleyha, "Yusuf masum, onu isteyen bendim" der. Böylece Yusuf'un suçsuzluğu kesinleşir. Daha sonra firavun Yusuf'u Mısır'a aziz yapar. Kocası ölen Züleyha ise Yusuf'un aşkıyla yokluk ve sefalet içinde yaşlanmış, güzelliğini kaybetmiştir. Bir şekilde karşısına çıkmayı başaran Züleyha'nın haline acıyan Yusuf, duasıyla onun eski güzelliğine kavuşmasına yardımcı olur ve onunla evlenir. Ancak bu kez de Züleyha, Yusuf'un aşkına karşılık vermez. Onun dünya nimetlerinden el çektiğini gören Yusuf, bir saray yaptırarak Züleyha'nın rahat bir şekilde yaşamasını temin eder.

Böylece yıllar geçer. Bir gün Yusuf ata binmeye hazırlanırken Cebrail, onun vadesinin dolduğu haberini getirir. Buna çok sevinen Yusuf, Cebrail'in elinden aldığı elmayı koklayarak ruhunu teslim eder. Halk, Yusuf'un ölümüne üzülür. Züleyha ise sevgilisinin mezarının başında yas tutar.

Yaradan'ın aşkı insan aşkından daha büyük, daha üstündü kuşkusuz. Yusuf ki bunu anlamaya en güzel sebepti. Edebin, nefsin, güzelliğin bütünleştiği bir aşk hikâyesi. Hidayet ve nefsinin sahibi Yusuf Peygamber'e salat ve selam olsun...

sefalet = Elend

İki Kukayız Meşk Eden

Tespihe mıhlanmış iki çift kukayız.
aramız açık
sen başka ben başka kelamı çekiyoruz
kırasımız, koparasımız geliyor kaderimizi
aynı sözde buluşmak
aynı kaderde dolaşmak için
ama bir yandan da duaların hatırı.

Çember döndükçe sen bana, ben sana yaklaşıyoruz
sırlarla dolu fısıltılarla...
ağladığında hep senin üzerine düşerdi ilk damla
sen "Hu!" demedikçe dönmedi hiç bu çember
sendeydi biten tüm sorular ve cevapları.

Onu ne zaman özlesem ele alınır meşke başlardık.
Aradaki 97 kuka ve bir nifaneyi sarardı aşkımız
seninle başlardı dönüş
ağlayarak genelde, devam ettirirdim ifşayı
ruhların dikkatinde derin bir tefekkürle...

Sen O'ydun biraz da benim için
sana olan sırrım öyle büyük ki
neredeyse
bir adım daha atsan sana inanacağım.
Sen bana lazımsın Allah'ın yolunda yürümem için.
Onun için lütfen yaklaşmaya devam et...

mıhlanmak = angenagelt
kuka = Kegel

Yeşil Gözlü Bir Huzur

Sevmek sadece bir yolda vuslata ermek için değil
bazen kavuşamasan da eyvallah deyip yüklenebilmekti sevdayı.

Sevmek bir rızıktı.
Şükrünü eksik yaparsan kayıp gider avuçlarından.

Ve sevmek, kelimelerini
bu dünyalık aşkın rengine boyamak değildi.
Sevdayı yazmak... Dilinden öte
yüreğin rengine boyamaya çalışmaktı.
Aşkın rengini bir kelimelere sığdıramazsın.
Sadece yansıması olur...
Yansıyan dildeyse ziyandır kelimeler.
Yansıyan kalpteyse şifadır kelimeler.

Sonra bir kadını seversin
sanki bir kalem şiir yazmaya başlar etrafında
o kadar güzel ki
en güzel kıyısı gibi İstanbul'un
bir martı karakteri gibi özgür
kafiyesiz, yağmur kokulu
yeşil gözlü bir huzur...

Gitti

Hani o gözlerini temmuz akşamları
İstanbul Boğazı'na yansıyan yıldızlara benzettiğin kız var ya
sanki boynuna
İstanbul'un en güzel kıyılarının serili olduğu kız
hayallerine ve ömrüne ortak diye içinden geçirdiğin
yazarlara özenip, senin için bütün kadınların
cenaze namazını kılarım dediğin kız
çık ve bana gel dediğin
şiirlerine sebep ettiğin
heyecanın, hevesin, tebessümün
oksijenin, kokun
gözlerindeki mutlu yaşların
kül olmuş hecelerin
sabahları heyecanlı kalkışların
mutluluğa sarılışların
yalnız geçirdiğin gecelerin
Mevla'ya yolun
bütün hücrelerine ayrı ayrı can dağıtan kalbin
sol yanın, tam sol yanın
işte o kız
bugün gitti
bir daha
gelmemek üzere...

Bile Bile

Her sabah odama girmeye çalışan güneş
giderken bıraktığın karanlığı silmeye çalışıyor
işe yaramayacağını bile bile...

Sadece tahammülümün sınırlarını yıktın gittin sen. Bir süre geriye kalan anılarla oyalandım, bir noktadan sonra o anılar da beni terk edecek diye korkuyorum. Sanırım en kötüsünü de anılarını da kaybetmeye başladığında yaşıyorsun. Sevdiğinden sana kalan tek hatıra anılarıysa onları terk etmeye cüret edebilir miydin? Yanacağını bile bile onları yüreğinde taşıyabilir miydin? Belki de sevmek dediğimiz şey bir har gibi anılarını yüreğinde taşımaya cesaret edebilme sanatıdır.

5 Dakika

Hani önünde bir sofra vardır
bir tek kuş sütü eksik dedikleri
karşında da her şeyiyle hazır bir darağacı
yani midenle ölüm arasında 5 dakika!
İşte o kadar zordur bunu bilene dünya...

Soruyorlar ya neden.
İşte bundan, bu 5 dakikadan...

Birbirimizi kandırmayalım
tuzu uzatmayanla kavgamızın bitmesine
sadece 5 dakikamız var.

Sadece 5 dakika içinde oraya gideceğinizi
bilseniz ne yapardınız?
60 yıl olduğu için mi rahatsınız?

Ağlama Diyenler Yüzünden Hep

Ağlayabilecek kadar güzel bir kalbimiz varken, neden ağlamayız? Ağlamak insani bir duygu değil mi? Yoksa ağlamanın kötü bir şey olduğunu mu öğrettiler bize? Ağlamak kötü bir şey mi dediler?

Evet, dediler. Ağlamanın ayıp bir şey olduğunu öğrettiler bize.

Kimler onlar? Yağmur yağdığında kaçmalısın diyenler mi? Toprağa basma ayakların pislenir deyip bizi betonlara mahkûm edenler mi? Ağaçsız, bitkisiz, ruhsuz şehirler kuranlar mı? Çiçek kokuları yerine, egzoz ve sigara kokularına bizleri alıştıranlar mı? Bizlere mektup yazmayı unutturanlar mı? Domatesin tadını unutturup bizi plastik yemeye mahkûm edenler mi? Kuzineli sobanın üzerinde kestane, kızarmış ekmek keyfini unutturanlar mı? Közde pişmiş patates yerine, hamburger ekmeklerini bize öğretenler mi? Ayaklarımız toprağa basacağı yerde kat kat alışveriş merkezlerini bize gezdirenler mi? Dedelerimizden hikâye, masal dinlemek yerine bize televizyonlarda duygusuz, yapay diziler izletenler mi?

Evet, onlar.

Ve onlar bize ağlama dedikçe, salya sümük ağlayasımız geliyor...

Helal Sevda

Hiç bilmediğimiz bir senaryoyu avuçlarının içinden bize sundu hayat. Olur olmaz yerlerinden sevdalandık bu hayata olur olmaz şarkılara sarıldık. Tek adım atsak yeterliydi, tek bedende iki ruh olmamıza. Ama biz insanlar ne yaptık? Ruhumuzu üşüttük, kalbimize ihanet ettik. Bize anlatılanların dışında hayatlara talip olduk, keşke duyabilseydik ölenlerin bize seslenişlerini. Keşke duyabilseydik kocaman pişmanlık çığlıklarını. Keşke bir fırsatı olsaydı ölüp tekrar dirilmenin. Belki adam olabilmemizin tek dersi bu olurdu ama imtihan dedikleri de tam bu işte.

Vazgeçtiğin her haram dünyalık, imanını artırır...
Bıraktığın her haram sevda, helaline yaklaştırır...

Tam Orada

Yeryüzünün en yüksek tepesinden bakıyorsun aşağıya
güneş olup yeniden doğasın bile gelmiyor artık...

Başlangıçla bitişin aynı noktada olduğuna inanıyorsun
ama sona geldiğin noktadan devam edip başlayamıyorsun.

Gözlerin dışında kimseyi hissedemiyorsun...
Bilincin hiç olmadığı kadar açık oluyor...

Grileşen hayata, yabancı kalıyorsun
yürürken kaldırımlarında
bir zamanlar yeşil gözlü bir kızını sevdiğin bu şehrin.

Ölümü ve bitişik yaşadığın hayatı bir görmeye başlıyorsun ya
işte tam oradayım!

Hep

Hep sırıttım ben. Nerede olursa olsun bu beden, içindeki hep sırıttı. Her girdiğim ortamda yüzümde bir yabancılık vardı. Atamadım üzerimden doğuştan verilmiş bu hali. Hani insanlar farklı olmaya çalışırlar ya farklılık ve yalnızlık hep benim peşimdeydi. Ben bir şeyler yapmaya çalışmıyor sadece oluyordum. Üzerimdeki bir taktik değil bir haldi. İnsanlara alışamamam kendiliğinden oluyordu.

İnsanlar "Öldükten sonra hayat var mı?" diye sorarlarken ben küçücük yaşımda "Ölmeden önce hayat var mı ki?" diyordum. Hayata bakış açım beni hep yalnız bıraktı. İnsanlar savrulurken ben hep aynı çizginin üzerinde yürüyordum. Vardığımız yerde kazanan olacağıma o kadar emindim ki bunu kimseye anlatamıyordum. Her ortamda kahkahalar duydukça, birkaç gün sonra unutacakları şeyleri tartışanları duydukça haykırasım geliyordu. Farkında mısınız? Allah aşkına biz ne için yaşıyoruz?

Kimse beni anlamadı, ondandır insanlar beni zorla şair yaptı.

Susacağım

Senin yokluğun birçok şeyin varlığını önemsiz kılıyor. İçime çektiğim hava bile değersiz geliyor artık gözüme. Hayat o kadar hızlı bir şekilde anlamsızlaşmaya ve değersizleşmeye başladı ki, içinde bulunduğum dünyayı bir yolcu trenine benzetir oldum. Çıkmış olduğum yolculuğun gerçek hayattakilerinden tek farkı, istediğim yerde inemiyor olmam. Bir rotada ilerleyip duruyorum ama hiçbir durağın ismi sen değilsin ben de inemiyorum...

Karanlık geldi bazen
bazen tek, sesle bazen.
Anlamadan baktım kelimelerine
saatlerce ağladım
ve korktum yeteri kadar.
Çok uzun bir gece gelecek
ve ben sesimi keseceğim.
Ve anlayana kadar bir daha hiç konuşmayacağım...

Sır

Düşünce gelince yolun ortasında da olsan otur.
Hazır olma kaybetmeye
sadece kaybedecek bir şeyin olmasın yeter.
Aşk için yaratıldın yorulma rüzgârlarda
aşkınla ol hep, yalnız yani.
Düşünce gelince yolun ortasında da olsan otur.
Aşk geldi mi sadece düşün
bedeninin içinde yorulana kadar düşün.
Bütün sırlar sana açılacak
ve bir sır olarak döneceksin dünyaya.

İnsan sevdiğinden ayrı olunca yaşamı zora girmiş gibi oluyor. Ölmüyor ama yaşamıyor gibi hissediyor. Yalnızlık sevenlerin en büyük imtihanı. Yazmak ise yalnız bir insanın tek kaçışı. Eğer bir fikir gelirse otur yaz. Yolun ortasında da olsan otur ve o anı yaz. Tefekkür tam da budur işte, hislerle ruhunun içinde bir evren yaratmaktır. Gördüğün hissettiğin her şeyde Allah'ı aramaktır. Tefekkür bu yola meftunların en büyük şifası...

Mektup

Mezarın korkunçluğu yok mu
yattığımız odalarda?
Biri havayla örtülü biri toprakla.
Rüya, yarı ölü yarı dünya.
"O"nu görmek için
gözleriniz ağladı mı hiç?
İşte ancak
böyle hak eder cenneti yürek.
Mağlubiyet açıkken
biraz da olsa usulen
kafa yordunuz mu hiç?
Koca doğrudaki yanlış nefse?
Ne zaman okuyacağız ondan gelen mektubu
yeni bir sevgiliden gelmiş gibi coşkulu?...

İnci

Karanlığın içindeki inciyle ne kadar oynayabilirsin?
İncinin içinde de karanlık varsa eğer?
Götürür müsün onu aydınlığa?
Ya aydınlık da karanlığın bir parçasıysa!
Gider misin aydınlığa?

Ne zaman düşünsem onsuz ışığı
bana öyle bir şey göreceksin ki diyor Allah:
Karanlıkta
aydınlıkta
incide ve dışında
yetecek sana onun gözleri
aydınlıkta da karanlıkta da...

Yaşamayacaksın

Tüylerin diken diken olmuyorsa bazen
bir nedenden
yaşamayacaksın...

Gözlerin benzetmiyorsa bir şeyleri bir şeylere
duyar gibi olmuyorsan bir şeyler bir yerlerde
yaşamayacaksın...

Aynıysan ölenlerle, doğanlarla olacaksan aynı
gülümsetmeyeceksen kimseyi
yaşamayacaksın...
Gerek yok çünkü...

Bıraktığın gibi kalamadım, günden güne tükendim. Beynimin içi haddinden fazla kalabalık, yüreğim ise haddinden fazla seninle doluyken, suspus olup oturamadım yerime. Ne zaman çalmaya çalışsam kapını içeride sen yoktun. Ulaşamadım sana ve zaten hiç anlamadım neden gittiğini. Bunu bilmeme rağmen bir türlü geri adım atamadım. Geri adım atamadıkça, ileriye doğru atacağım adımları da geri dönmemek için yaktım. Sen yoksan, gelecek benim en büyük geçmişim olacaktı. Bu yüzden sensiz bir geleceği hiçbir zaman kabul etmedim...

Batak

Yüreğim kırılmıştı, hayallerim parçalanmıştı. Oyuncakları kırılan bir çocuğu nasıl ki avutamazsa hiç kimse, ben de avutamadım içimdeki çocuğu. İçim dışım, dört bir yanım, sağım solum sensizlikle dolup taştı...

Bilmiyorum hiç dünya çamuruna battınız mı iyice ama
bir gün
yani bugün
öyle batmıştım ki...
Ve en sevdiğim şarkının bitmesine öyle bir 4 dakika vardı ki
son nefeslerini verirken kelimeler
şiirimin çırpınışı bana kendimi hatırlatıyordu.
Bu sefer gerçekten iyice batmıştım.
Öyle değişti ki hayatım 4 senede...
Bu 4 dakikada öyle yoğunlaştı ki kelimeler
dilimde, gözlerimde ve tam içimde.
Ölmenin ne olduğunu bilsem en iyi çözümdü belki de.
Lütfen bana yardım edin, son şarkım bitmek üzere.

Ayrılık Kokusu

Kitaplardan başını kaldırma ufaklık, dünya kötü bir yer...
Her yer ayrılık kokuyor
ve bunu hiçbir zaman unutma:
En kalıcı ayrılık kokusunu, en sevdiklerin sıkar...

Özledim öyle ki eskiden sadece özlerdim. Özlerdim ve seni hep seni düşünürdüm. Kendimi garip bir şekilde kaybetme hali bu. Kaybetmek ve bulamamak hali! Ben sana bunu nasıl anlatayım? Nasıl anlatayım yokluğunun içimde birçok şeyi koparıp attığını? Artık kalbim atmayı unutacakmış gibi oluyor, ellerim neye değse sanki senmişsin gibi. En sevdiğim şarkı senin sesine benziyor. Hani bazen yazdığın bütün şiirler anlamsız gelir, boş bir defter yaprağı gibi hissedersin kendini kalabalık bir kitapçıda, korkasın gelmez hiçbir şeyden, anlamsızlaşır sana. Kendimdeyken en son yaptığım şey hayal kurmaktı, sonra düşünememeye başladım. Ama yine umut ya! İnsan beklemeden de duramıyor...

Cennet ve Cehennem

Hani bir dağın tepesine çıkarsın yorgun ve umutsuz. Uçurumdur ötesi, gözlerin gibi, hani artık seçenek ölmenin yolunu seçmektir ya, işte aynı böyle oluyorum bakışlarında. Bakışlarından yakalanıyorum ben sana, gözlerine takılıp kalıyorum. Halim mecalim yok artık. Ne kendimi tanıyabiliyorum ne de şu anda olduğum yeri. Buna yaşamak diyemiyorum. "Bir kere baksan bana yeter, özgürlük olur bana o uçurum." Bunu da gözlerinin içine bakıp sana diyemiyorum...

Sevdiğinin
her tebessümü cenneti sevme gerekçen
her gözyaşı ise cehenneme kelepçen...

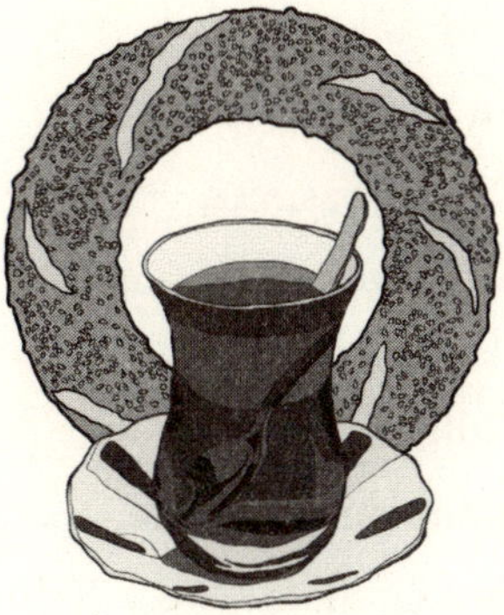

Yağmur, Çay ve Şiir

Bize bir tek Aşk'ı öğretti Allah...
Teknolojik bir talihsizlik yaşadık ardından
kendimizi ihtiyaç duymadığımız bilgileri sayarların
arasında bulduk. Hiç âşık olamadık mesela, biz sade özendik.

Bir yerden sonra düşünce kesmez sufiyi, boğazına bir düğüm yükselir ve semaya başlar. Bizim semada başımız döndü bir tek. Ne düğüm bildik biz, ne dönmek...

Yeri geldi gözyaşımızı unuttuk.

Beş vakti takip etmek yerine, düzene karşı duruşumuzu açıklama ihtiyacı duyduk.

Kaliteli bir ileti bulup, sanalda anlatmaktı kendimizi tek derdimiz.

Her gün bir yerlerden göçtük, yerimizi bilmeden.

Elde ettiklerimiz, kaybettiklerimizin bedeliydi sadece.

Bizim hiç ölesimiz bile gelmedi ya da ağlayasımız.

Ağlayan da ölen de beden oldu hep. Ruhun varlığına bile inandıramadık kendimizi.

Ancak dedikodularla vakit geçirebildik bu hayatta

oysaki her nefese bir gözyaşı borcumuz vardı secdede.

Yolculuk, olduğumuz yerden bulunduğumuz yere... Kelimelerde kaldı hep. Hiçbir şeyi hak etmedik biz, veliler cenneti yaşarken, biz 7 milyar kişilik bir tabutu döndürdük binlerce yıl. Halden çıktık, çok karıştırdık.

Halbuki her şey sadece birkaç kelimeydi: Yağmur,

Çay ve Şiir...

Cennet için tefekkür, tefekkür için de bunlar yeterdi.

Adam Olmak

Tek sayfalık adam olmaktan vazgeçmeden
tek sayfada
tek okuyuşta biten sevdalara sitem etmeyeceksin...

Uyaksız, oturaksız, yolsuz yordamsız bir adamken
tek bir güzelin
ömür boyu senin şiirini okumasını beklemeyeceksin...

Kitap olacaksın
aynı masallara yazacaksın kendini sevdiğinle
her satırda el ele...
Her daim önsözdeki gibi yeminler yürekten
sözler yanık, demli gönülden...

Seçim

Mutlu olmak isteyen gözlerini kapatıp yaşasın bu dünyada. Mutsuz olmak isteyen öğrenmeye ve araştırmaya başlasın. Mutluluk için gözlerini kapatıp insanların acılarını duymazdan gelmen yeter. Ama mutsuzluğun bedeli büyüktür, mutsuzluk anlamaktır. Bilmektir, görmektir, ne yaparsan yap kendini parçalasan da hayatı güzelleştirememektir... Sahte bir mutluluğu yaşamaktansa, sahici bir mutlulukta özgür olabilmelidir insan...

Yağmur yağmadığında da sırılsıklam olabilirmişsin
ya da yıldızlar sadece gökyüzünde olmazmış.
Çok şey öğrendim ben bu hayattan, çocuk.

Ve bir meleğin elini tuttuğumda anladım
kimi seveceğini seçemiyormuş insan...

Çıplak Ayaklar

İnsan o kadar hazır ki bir şeylere sahip olup gülümsemeye ve bir şeyler gidince de üzülmeye. Dışardan gelen güzel sözler sevindirdiği gibi kötü sözler de incitiyor. Ancak yine de insan güçlü olabilmeli, incinsen de "İncitme!" düsturuna uyabilmeli. Ve bu dünyadan sessizce geçip gitmeli, bir derviş sükûtunda bu dünyada bir tek ayak izi bırakmalı.

İlk ders incitmemek, son ders de incinmemektir. Seni incitenler varsa sabret, onların sevaplarından alıyorsun. Şunu da unutma ki incinmek de bir kusurdur. Ayet ne diyor?

"Elinize verilene sevinmeyin, alınana da üzülmeyin."

Bizim eğlencemiz de bu işte
yağmur yağacak
çıplak ayaklarla
sataşıp duracağız toprağa...

Karar

Bir karar verdim ben
hani öldüğünden beri görmediğin baban, sana yaklaşırken
kucağına atlamanın kesinliğinde
ya da annenin kokusunu özlemen gibi
bu sefer diğerlerinden farklı yani...

Hani bir düğüm vardır ya, hayatında bir iki kez gelir boğazına
zaman, mekân, olaydan bağımsız öyle bir ağlarsın ki
gözyaşın bile ağlamaktan akamaz ya
işte bu düğümün ağırlığında bir karar belki de bu...

Hani küçük bir çocuksundur
koşa koşa dedenin elinden tutar, onu bahçede gördüğün
karınca yuvasına götürürsün
bütün evren bütün dünya senin için o karınca yuvasıdır
ya artık
işte o kadar samimi ve ciddi bir karar...

Bir karar verdim ben
hem de öyle çocukça değil
yaşlı, kırış kırış, olacaklardan emin
ve ölmeye kararlı bir adam gibi...

Sürme

Başını yastığa koyduğunda içine anlamsız bir hüzün çöküyorsa, bil ki o aşktandır. Gidişinden uzun bir zaman sonra, avuntularım acı verici bir hale dönüştü. Kendimi şehrimin sokaklarına attım, düşe kalka yollarda seni aradım durdum. Şehrimi bile sokaklarında sen yoksun diye kendime düşman ettim...

Sen gelince anladım! Senden önce, ne kadar büyük bir boşluğun ortasında olduğumu. Seninle beraber gökyüzüne bakma cesaretini buldum kendimde. Bütün mevsimleri sen varsın diye sevdim. Yalanım yok! Sırf senin için hayata sımsıkı sarıldım, en büyük amacım seni sevmek, seninle bir ömür boyu güzel bir hayatı yaşamak oldu benim için...

Şarkılara sarıldıkça sensizliğin içinde boğulacak gibi olurdum ve boğulurdum işte! Bunu bile bile sen yine de gitmeyi tercih ettin...

365 Gün Kuru Gözyaşları

Bu yıl da alışamamakla geçti hayata.
Ne zaman bir eğlenceye versem kendimi,
düğüm kendisini hatırlattı yine boğazımda.
Hep bir sarhoşluk, hep bir uykuda olma hali
insanlar boş zamanlarında "inanç var mıdır"ı tartışırken
ben sadece inanıyordum...

Birkaç insanın işine yaramak için daha çok çalıştım bu yıl.
Yedi milyon evin olduğu ülkemde
"Acaba bir evim olur mu?" hayalleriyle
yetmiş sene geçiren insanlarla takıldım.
Çok param oldu ama para hayal kurduramamaya
devam etti bu yıl da bana.

Aslında "O"nun kızmayacağını bilsem
yaşadığım hayatı inkâr edesim bile geldi
Açmazın en kilitlenmiş dişlisi gibiydim,
hem tam ortasındayım hem de yabancı gibi sanki...

İçinde bulunduğu durumu umut eder mi insan?
Su içerken susayabilir misin mesela?
Ağlarken bile ağlayasım geldi bu yıl.
Saçlarım azaldıkça, gözyaşlarımın büyüdüğünü fark ettim...
Güzel şeyler de oldu aslında
daha bir hakkını vererek ağladım bu yıl, öncekilere göre.
Güzel şarkılar dinledim mesela güneş batarken tam,
en kırmızısından...

İlk defa bu yıl, güneşin batışını
doğuşundan daha çok sevdim, ölümü sever gibi yani
Annem, "Yaşlandığın içindir oğlum" dedi
Şeb-i Arus'u anlatamadım kimseye
içten içe yanarak tam dibinde olmama rağmen...

Devam etsem hiç bitirmeyeceğim yazılar yazdım,
istemesem de bitecek bu yılda.
İnsanlar yılın son günü bile muhakemeyi satarken eğlenceye
365 gün nefessiz soludum bir şey yapamadan
bilmenin verdiği o acıyı.

Evet tam 365 gün beklediler kutlamak için yılı ayakta
alnımınsa secdeye gidesi geldi, yelkovanın her turunda.

Seni çıkartsam ne kalırdı bu yıldan bilmiyorum
"Sens*zl*k" diyesim geliyor ama yazacak kadar bile
cesaret yok bende...

Yollar hep kısa geldi bu yıl bana.
Gözlerimi kısarak yürürüm ben
ellerim ceplerimde, kollarım vücuduma yapışık,
başım biraz eğik ve hızlı adımlarla
yürürken en güzel bu şekilde kurutabilirsiniz
gözyaşlarınızı çünkü.

Tevbe

Ben bu hayatın içinde hep bitecekken, sen geldin hayatta tuttun beni, yaralarımı sardın. Ben hep sende çoğaldım, ben hep kendimde azaldım. Ve sonra yeniden bıraktın beni karanlığın göğüskafesinde, yaralarımı yeniden açtın. İşte o zaman anladım ki, bu bir aşktan öte bu yeniden doğuş. Senin gitmen sensizliğin değil, yeni doğan benin sancısıymış.

Şimdiyse bir Özdemir Asaf şiiriyim
henüz boğazdaki düğümden kurtulup dile düşmemiş.
Unutmaktan ziyade bundandır sükûtum
isyana tevbe ettik
henüz gönüle düşecek sevda bize gelmemiş...

"Doğru yolu arayanları,
saadete ulaştıran yollara kavuştururuz."

Ankebut Suresi, 69

Kanat

Bazen kendine söz verirsin
kanatlarım çıksın güneşe gideceğim
yanacağım dersin.

Sonra kanatların çıkar
bu sefer de toprak kokusunu özlemeye başlarsın.
İnsan hep özler ve ister.

Bazen de sevmeyi özler insan, sevmek gelse dersin.
Sevmek başkadır gerçekten geldiyse sana
ne kanat bırakır ne toprak
ne de sen.
Yanarsın yâre karışır küllerin
bir tek Aşk kalır...

Sadi Şirazi: Aşka uçma kanatların yanar.
Hz. Mevlana: Aşka uçmadıktan sonra kanatlar neye yarar?
Yunus Emre: Aşka vardıktan sonra kanadı kim arar?

09.00-17.00

Şuursuz sevinçlerden hayırlıdır, şuurlandıran hüznümüz. Bu cümleyi yazdığımda bir hüznün içinde ağlıyordum ama biliyordum şuurlandıran bir derdim vardı. Her sıkıntının içinde yapabileceğimin en doğrusunu yapmaya çalışıyorum artık ve payıma hüzün düştüyse biliyorum ki bunu da sevmek lazım.

Eğer karşınızda iki seçenek varsa sevinç vereni değil şuurlandıranı seçin. Çekeceğiniz şeye değil gideceğiniz yola bakın. Yolculuktaki her şeyi unutacak bu zihin, bize kalacak sorulara verdiğimiz yanıtlar. Kendinizi asla dünyanın ellerine bırakmayın çünkü:

Düşünmeniz istenmiyor
istediklerini yapın
kravatınızı biraz daha sıkın!

şuursuz = bewusstlos

Yakamoz

Gecenin en siyahında gelir yakamozun en güzeli...

Gecenin en siyahında bir çift göz bakar
öyle bir bakar ki
bildiğin her şeyin ölüm günü gelmiştir artık
gerçeğin perdesi aralanır
ve anlamaya başlarsın olan biteni.

Sevdiğin bakıyor karanlığın içinden
denizin üzerindeki yakamoz misali...

yakamoz= Meeresleuchten

Kilim ve Amca

Bir kilim yap amca
gülümserken torunlarına
ölümü hatırlatacak kırışıklıklarıyla üzerinde
Bir kilim yap bana.
Renkleri toprağı hatırlatsın ama kırmızıyla arada bir coşsun
aşk olsun onun adı da, olur da bir gün düşersem içine.

Gözlerinin kenarları kırışmıyorsa yaparken, bir dur
gülümsemekten kırışana kadar yüzün
kaderini bağlama ipliklerin
hakkını ver yani...
ve dokurken kilimi
her üstle bir aşk başlat, her altla da bir ölüm...

Saati ihmal etme duvardaki
ölüm yakın malum.

Çok da sıkma sen, içinden geldiği gibi bir kilim yap bana
eğer olursa hatam, kes gitsin amca
yaşayacağıma kör topal ömür boyu, kes cezamı hemen.
Ama sakın şu arkadakiler gibi köşeye kaldırma
bilirsin yapamam yalnız.

Nasıl istersen öyle yap amca
amaç değil midir zaten hizmet Yaradan'a
ederiyse de ayakların altı...

Son bir dileğim olacaksa senden amca
bana emanet et gözyaşını ve
bir kere ağla Allah için...

Yazıyor

Dokunmatik nesil bilmez.
Eskiden "Yazıyor! Yazıyor!" diye bağıran çocuklar vardı
bellerine geldikleri büyük paralı abilerinin yanında
satılmış sokaklarda "Kral çıplak!" diye bağırırlardı...
işte sevda, o çocuğun gözlerindeydi...

Bizim köy yolunun kenarına
Oraklı Yaşar'dan aşırdığımız erik çekirdeklerini gömmüştüm
sözde orada ağaç olursa sen beni sevecektin.
Çok şey değişti sonra
hayat hep tek seçenekli sorular sordu bana
bir indigo ne yapardı?
Boş kâğıt, izin bile almadan çıktım sınavdan...
Sonra öğrendim ki
belediye oy almak için
çift şerit çekmiş bizim sevdamızın üzerine...

Yani anlayacağınız
ne o sevdi beni
ne bir erik aşırabildi bizim köy çocukları
süt kokan ellerimizle ektiğimiz
o umut tohumlarından...

İşte böyledir sevdalar
kimi çıkar sokaklarda satar
kimi çıkamaz sükûtunda saklar...

Hayat Gitmektedir Bazen

Şimdi ben gidersem eğer, denizlerden sorun bir tek
o dalgalardır, ben öldüysem eğer öldüren.

Ben eğer gidersem bir gün, böyle kırmızımsı topraksı sarınıp
bir tek denizin hatırlattığı içindir
her nefesime karşılık bir dalgası vardı
her kalp atışıma karşılık da bir martısı...

Kime baksam kalmak koktu bu dünyada
bir düzen bir yerleşiklik bir kategorize olmuşluk.
Yanlış hayatları doğru yaşamaya çalışmaktan vazgeçin
dalgalar dışında herkes kalıyor burada.

Oysa ben en çok deniz gibiydim
her yerde ve tek bir şey için.
Trabzon'da da aynı dalga sesi, Japonya'da da
benim derdim mekândan çok, zikirdi.
Belki bundandır, bir tek deniz anladı beni.

Gitmem lazım, böyle kırmızımsı topraksı sarınıp
ayakların davası değil artık bu
Zaten bu gidişi hangi ayaklar taşır ki?
Bu yürek bile 17 sene düşünmüşken...

Ben ancak denizlerin ilk dalgası olabilirmişim...
Bir gün seversem eğer, işte o ilk dalga gibi severim ancak.

Denizler özgürdür, aynı gitmeler gibi.
Onun zikri özgürlükten gelir, karada ses bulur.
Bizim mizacımız özgürlük kokuyorsa eğer
bu kırmızımsı topraksı sarınıp gidiş "Hak'tandır"

Çünkü "Hayat, gitmektedir bazen..."

Sevda Yağmuru

Nasıl dünyanın atmosferine dahil oldu yürekler de döne döne unutulmaya başladı ahiret. Dünyayı çoğalmak olarak görmek başlı başına eksilmekti. Dilimize dolanan ama idrakini bir türlü kavrayamadığımız şu sözler yok mu: "Dünya fani... Dünya yalan..." Bunu biliyoruz. Ölüm var!

Oyalanıyoruz hâlâ yalanların, aldatmaların, haramların, doyumsuzlukların çevresinde. Bir heves uğruna heba olan ömür gerçeği... Ne çok şey biliyorsunuzdur aslında. Nesil bilginin yağmur olup yağdığı aşikâr bir dönem. Üstü sulak arazi gibi görünüp içten kuruyan, çölleşen toprak gibi. Islanmayı bile bilmiyoruz. Rahmeti dışında değil, içinde yağmura açmalısın ki yüreğinin uyduğunu dil kelam etsin. Yoksa dilin yalanından yürek kararmasın. Ne çok sevmeler sevilmeler. Yüreğine değmeden uçuşan aşk sözcükleri. Kelamların da hakkını verebilmek gerek.

Yüreğine Allah dokunsun ki, O'nun rahmeti tecelli olsun ki, sözün öze karışsın. Gözler manada eksik kalınca, söylenenler kuru harf yığınları aslında. İncitmeden aldatmadan sevmek. Dünya işlerinin, yeni dünya cehaletinin oyuncağı yapmamak sevgileri...

Kaç kere yağmurlara saldım kendimi saatlerce ıslandım bilmiyorum. Her damlayı duama katıp yağdırmak istercesine koştuğumu. Sevgimi kalbime hayır kılsın diye, ıslanmanın hakkına talip olduğumu. Allah için niyetlenip çıktım bu sevda yağmurlarına.

Yağmur

Vaktin karanlığa
karanlığın özleme
özlemin yağmura karıştığı vakit...

Yürüyorum sadece
Sanki tüm sokaklar sana çıkacakmış gibi...

Ve yine yağmur var!
Ellerimi açıyorum öylece...
Sanki damlalara karışıp gelecekmişsin gibi...

Uzun zaman oldu içinde sen olan cümleler kurmayalı. Yağmur yağınca ansızın aklıma geliyorsun ve senin için o an cümleler kurmaya başlıyorum böylesi daha iyi sanki! Kendimi daha özgür hissediyorum. Sayfaların içinde seni anlatmayı unutursam diye bir korku var içimde. Hayatın rengârenk yüzü yok senden uzakta ve sensizken. Acılarımı ve gözyaşlarımı bulaştırıyorum satırlara. Sadece yazmayı sevdiğim için senden uzakta tek becerim olan kelimelere sarılıyorum...

Son Kelebek

Bir rüya gördüm
karanlık bir odanın içinde 7 kırmızı kelebek...
Ya da 7 kırmızı kelebek bir rüya gördü
karanlık bir odanın içinde ben.
Gördüğüm şeyler miydi rüyam?
Yoksa gördüklerimin mi rüyasıydım ben?

Çok vakit kaybettim çıkışı aradım yoktu.
Basit birkaç gözyaşı katıldı aramıza sonra
7 kırmızı kelebek, ben ve basit birkaç damla gözyaşı.
Kelebekler ölüyordu ve daha da kararıyordu oda
her azalan nefeste...

Bilmek değil, görmektir dedim
görmek değil, yok olmaktır dediler.
Ancak Aşk varsa varsındır dedim
Sen varsan Aşk yoktur
Aşk varsa Sen kalmazsın dediler.

Sorular artıyordu ve daha da kararıyordu oda
her gelen cevapta...
Dışarıda dedim
yok dediler
varlığım ispatıdır dedim
yoksun ki dediler...
"Nasıl?" dedim
En-el Hak dediler...
Biliyorum bir gün aşka çok yaklaşacağım
tek ihtiyacım olan şey sen olacaksın
elimde ölmeyi beklerken son kelebek...

Kelebeğin çırpınması gibi insan çabalar ve boşluğa savrulur bazen. Ne yaparsan yap, neye karar verirsen ver, hep bir şeyler eksiktir. Düşünür durursun hatam nerede, doğrularımı nerede kaybettim diye. Düşündükçe hızlı bir şekilde düşer ve kayıplarını çoğaltırsın. Kayıpların çoğaldıkça kaybolan sen olursun...

Sırılsıklam

Bazen yağmur yağmadan seversin
bazen yağmur yağarken bile sevemezsin...

Bazen bir tek o gelir
bir bakmışsın sırılsıklamsın...

Sırılsıklam ıslatır hayat insanı. Bir süre sonra yanlışlar kuşatır çevreni, artık doğrulara yer yoktur hayatında. Sen artık başlı başına "yanlış" olmuşsundur. Ama her defasında hayat yeni bir yola sürükler seni, sürükler sürüklemesine de, bir sorun vardır! Girdiğin yollar hep çıkmaz sokaktır. Onun için attığın adıma dikkat et, sevda diye bir buğunun peşine düşme. Ama eğer gerçekse sevdan bin cam kırığının dahi seni durdurmasına izin verme. O bir gün çıkıp gelince tüm dertlerini unutacak ve aşktan sırılsıklam olacaksın...

Hayatta Bir Kere Mezar Kazmalı İnsan

Hayatta bir kere mezar kazmalı insan
hem de cenazeye yakın, aceleyle, ter içinde.
Kıbleye doğru uzanıp öngörmeli de
oğlunun gözyaşlarının nereye savrulacağını...

Biraz da düşünmeli, kazarken açık havada
havasız toprakla hapsolacak olan bedenini.
Güpegündüz karanlığı tatmalı insan
güneşli bir havada, soğuk karanlığı
oğlunun bayram ziyaretlerinde
üzerindeki çiçekleri suladığını hayal ederken...

Sabancı için bile kazılmışken bir tane
ne olursan ol bir mezar kazmalısın yani
tabutun içindeki boy hep aynı.
Tefekkürcüleri bilemem ama
toprağın içindeki ten de hep aynı.

En acısı bu olacak belki ama
o soğuk, kurtlu ve karanlık toprakta
istemese de bir kere ağlamalı
tam dua okurken OĞLU başında...

Kelebek

Bazen gül bahçelerinde bulamazsın
bazen de koca şehrin ortasında konar omzuna
bütün ömrü sol yanına razı kelebek...

Onun için dilden eksik etmemek gerek
seveceksek eğer tevbe tevbe sevmek gerek
sevdiğinin gözlerine benzeyen neresi varsa artık...

Bazen insan kimsesiz bir liman gibi yapayalnız tek başına kalır hayatın kıyısında. Elini tutacak birisini arar, bu kör karanlığın, bu şiddetli rüzgârların arasından biri çekip çıkarsın ister. Bir kelebek konsun ister omzuna geleceğin güzel günler getireceğini haber veren. Ve bir gün bir fısıltı gelir inananların kulağına: "Gelecek çok güzel olacak..."

Üçüncü Bir Yer

86'da doğdun diyor babam
ama bir türlü anlayamadım bu tarihin sebebini
17 yıldır bu hayata alışamadığımdan belki.
Hep yabancı kaldım yapılanları anlamaya.
Bazen nefesim yetmedi
bazen aklım...

17 yıldır alışamadım bu hayata
"Ya içindesindir çemberin ya da dışında"
işte bir de üçüncü bir yer var, inanın buna!

Yunus'un "Bir gölgelikte bir vakit dinlenmek gibidir" dediği hayatta rehavete kapılıp, alışmak niyeydi ki zaten? Çocukken sardı beni fikir ve kurtulamadım atmosferinden. Ne zaman unutsam yolumu o gölgelik gelir aklıma unutma der yolunu...

Eyvallah

Ellerinden aldığım çay batırırdı güneşi akşamları
sen varken fark etmezdim güneşin varlığını ve yokluğunu...

Sonra sen gittin ve güneşi gitti bu dünyanın. Artık dönse de dönmese de birdi dünya için. Artık olsa da olmasa da birdi dünya için. Sevdiği yoksa bir adamın artık atsa da atmasa da birdi o kalbi. Uzaktan bakınca farklı gibiydi ama yaşasa da yaşamasa da birdi artık o adam için...

Yâr, demlendik bir kere hasretinle
artık gelsen de eyvallah
gelmesen de...

Ba'Ba Kokusu

Ama ne olursa olsun en çok babanın kokusunu özleyebilirsin!

En çok işte...

Daha anne karnındayken başlar varlığından öte bu yazılış, bu koku...

Yokluğunu hissettiğimdeki korkulu özlem!

İlk adımlarını atarken, koca bir kahraman elinden tutup düştüğünde kaldırır ya, bilirsin ömrü boyunca da hep kaldıracaktır ne zaman düşsen...

Tek başına yüreğinde koca bir devlettir, varlığı hep payidar olan...

İşte, Ba'Ba iki heceli dev kelime...

Her söylediğimde dudaklarımdan kalbime tarifini vermediğim bir yakıcı bir özlem, gözlerime vuruyor!

İki üç kelime titrekçe düşüyor dilimden:

– Ba'Ba... Ko-ku-nu öz-le-dim!

Babama Mektup

14 Şubat 2007. Doğum günümden dört gün sonra.

"Ne diyorsun lan sen? 54 yaşında dev gibi adam niye ölsün?
Tamam, hastaydı da, hastane niye var? İyileşecekti..."

Akciğer kanseriymiş babam.
Benden saklamışlar hastalığını.
Çok sigara içerdi. Doktor defalarca demişti bırakacaksın diye.
Ama gerçek miydi bunlar? Sigara öldürür falan...
Haberlerde oluyordu böyle şeyler
ölenleri de kimse tanımazdı zaten.

Babamla bazen türkü barlara giderdik.
Benden daha yakışıklıydı babam
ama kızlar gene bana bakardı tabii.
Galata'da balık bile tuttuk babamla.
Bir keresinde piknikteyken Vosvos'unu ağaca çarpmıştım
"Aferin lan, öğreneceksin şoförlüğü" demişti.

Cennete gittiğini öğrendiğim an gözlerim buğulandı
boğazıma bir şey yükseldi, böyle top gibi bir şey.
Kaldı orada.
Düğüm dedikleri oymuş, orada öğrendim.

Hayatımdaki en önemli şeyi beceremedim
babamı yaşatamadım.
Babamı sigaradan kurtaramadım.
Ama yemin ederim bilmiyordum...

Babamdan sonra hayatın ne olduğunu öğrendim:
Bilgisayar, oyunlar, dersler, arkadaşlar
ve acının ne demek olduğunu öğrendim.
Artık hayattaki tek amacım, daha çok çalışmak
daha çok kazanmak, daha çok iyilik yapmak ve babamın yanına
cennete gitmek...

Şerefim namusum üzerine yemin ederim ki baba
sana kavuşana kadar durmayacağım!
Dünyada kaç tane baba varsa hepsine gidip söyleyeceğim:
"Babasız olmuyor, çocuklarınızı bırakmayın."

Hiç durmadan çalışan, gözleri hâlâ buğulu
boğazı hâlâ düğümlü oğlun...

Bugün Bayrammış Baba

Bugün bayrammış baba
ellerimden anladım...
Mezarında
belki ellerimi tutar diye toprağa soktuğum ellerimin
cam kesikleriyle dolmasından anlıyorum ben
bayramın geldiğini...

Bu eller hiç boş durmaz zaten
yaralar tam iyileşti derken
yine bir bayram ya da Babalar Günü girer araya...
Bayram namazından sonra
abdesti böyle bozarım yıllardır
eğer yeterince gözyaşınız varsa
cam kesiği insanın canını yakmazmış...
15 yaşındayken en büyük hayalim doktor olmaktı
babasına faydası olamamış adamın başkasına mı olacak?
Onu da bıraktık...
Hayal üniversitesinden mezun
cam kesikleri üzerine doktorasını yapmış bir abdal...

İsyanla sevginin arasındaki o ince ipin üstünde cambaz oldum
evet, en büyük yeteneğim bu, hayal kurmak.
Benim bayram harçlığım olmadı hiç
hediyem de...
Veren baba olmayınca tat vermiyor bunlar.
Benim için bayramın en güzel yanı
1. günü öğleden önce kısa bir uykudur.

O koca adam gelir
bayramlaşırız
ve bana şöyle der:

"Bugün bayrammış oğlum, ellerinden anladım..."

Münacat

18'di yaşım
sabır taşımın toz toprak oluşunun 10 yıl gerisi
geceler herkesinkiyle aynı karanlıktaydı
huzurlu uyumalarımız vardı yâr kokusuyla...
Evim sesine dokunacak kadar
ellerimiz aynı duayı etsek birbirine değecek kadar yakındı...
Öyle güzeldin işte
gece baksam sabah olur
sabah baksam güneş doğardı...

18'di yaşım
ayak izimi ayak izine denk getirmeyi lütuf sayardım
sen hafızdın, aşkı en çok sen hak ediyordun
kim sevdiğinin sözlerini noktası virgülüne ezberinde
tutardı ki senden başka?...
Her okuyuşunda kelimelerini rehber sayardım ömrüme
sevda esintisiydi kaldırımlardaki her renk
lehime çıkarımlar yapardım her ezanda
işte çağrı derdim
işte alınlar aynı anda secdede
var mıydı ötesi birlikteliğin?
Zaten sevda bu değil miydi?
Sevdaya dahil değil miydi dualarda buluşmak?...

18'di yaşım
gözlerimin kalıcı ıslaklığa kavuştuğu yıllar
sabahları soğuk sulardan korkmamaya
sen inandırmıştın beni
yüzündeki berraklığın sebebiydi tanyeri.
Güzel günlerin elinden tutardım seni düşündükçe
sanki doğduğumda kulağıma ismini söylemişti melekler
yazgım elime verilmişti
sadece üzerinden geçiyordum sanki her şiirimde
yani bir delikanlı maksadının ötesindeydi seni sevmek.
Hürriyet sevdiğine dokunabilmek miydi?
Yoksa belki bir gün okur diye şair olmak mı?

18'di yaşım
tek yanlışın bütün bir ömrü götürebileceğini
öğretmemişti babam
hangi denize taka olacağını seçmen gerekiyormuş
kalabalık bir sürgün yeri ya da bir martı aklı
içimden hiç ihanet geçmedi Rabb'e
gök kubbede kanat çırpıp helalleşmek istedim
eyvallah dedim gelene de gidene de.
Bilseydim hangi kitapta olduğunu okuyacaktım hepsini
bilseydim hangi duada olduğunu
zincirlerdim kendimi âmin olurdum her yetimin dilinde
teyzelere ezberletirdim duamı, üfletirdim
sensiz sol yanıma...

18'di yaşım
haritaya bakamadığım korkaklıkta bir gençlik yaşadım.
Her besmeleden sonra mürekkebi yitik
ihtiyarlıyordu kalemim...
Geceler hep bir ton karanlık, şarkılar bir ton hüzün
sensiz yaşamak suçu üzerimde
nefes alsam da hep bir yanım eksik...
Aklım benden uzak bir köşede
yüreğim, inanmışlığım sana olan yolum
çölde su veriyor helal sevdalara
ve çok değil güzel sevin diyor gençlere...

18'di yaşım
yani miladı ömrümün.
Dünya keyfinin bir kenara atılışı
yârin elinden zehir öyle tatlıymış.
Sevdiğinin yüreğinde demlenen aşk şerbetini
içmek bir tebessümle öyle tatlıymış.
Meğer Elif sevda imiş, sevda da Elif
Hakk'a gitmek için bir imtihan lazım imiş
Elif bu yolda başıma gelen en güzel şey
Elif Gibi Sevmek de Rabb'i sevmekmiş.
Rabb'e yürümek için de bir sevdayı sebep etmekmiş...

Hikmet Anıl Öztekin
fesleğen
'Bir' olana meftun o kızın hikâyesi...

Hikmet Anıl Öztekin
elif gibi sevmek
dem
Seviyorum dersin,
ya kısmetin olur ya intihanın!

Hikmet Anıl Öztekin
eyvallah
Seyyah
Yar, demlendik bir kere hasretinle,
artık gelsen de eyvallah gelmesen de...

Hikmet Anıl Öztekin
eyvallah
Birlik Dükkanı
Varacağını bilmediğin yola çıkar mıydın?